U0073322

山田社

出發前7天 旅遊日語

山田社文化

前言

不要想太多，只要有連假，
提起包包，就到日本去玩吧！

出國旅遊就像跟自己談一場戀愛一樣，
好好的談一場戀愛，

透過難得的經驗與難忘的回憶，
讓自己全身上下脫胎換骨吧！

本書句子簡短，照樣溝通，好學、好記！中文拼音，用中文就能說日語！貼心的羅馬拼音，讓您玩得更開心！吃喝玩樂句、追星交友句，通通有！幫助您輕輕鬆鬆，到日本旅行不知不覺脫口說日語！本書內容有：

一、找陌生日本人，開口閒聊的日語：遇到日本空姐，或是路上行人甚至計程車司機...等，都是練習日語的好機會。提起勇氣，講就是了。當然要有禮貌喔！

二、養精蓄銳、享受飯店服務的日語：住飯店就是要養精蓄銳，準備展開此行一連串精彩的旅行囉！要旅遊增添許多意想不到的樂趣，住宿登記、享受飯店各種設施的日語，這裡也都有喔！

三、享受當地美食、在地美酒用的日語：到國外當然要嘗一些平常台灣吃不到的東西，最好是當地的名物或名酒，看看當地人吃什麼喝什麼，就知道啦！用書上的日語邊閒聊、邊品嚐，一定會有令人難忘的經驗喔！

四、奇景當前，嘖嘖稱讚用的日語：到日本，一定要去探索奧秘的大自然，還有具有當地文化指標性的建築物，看到自然奇觀、建築奇蹟，嘖嘖稱讚用的日語，就用這些句子表現吧！

五、交當地朋友、打情罵俏的日語：讓日語突飛猛進的方法，就是交當地朋友，甚至情人。他們玩的會是最酷的最便宜的地方喔！就用書上的交友句，來體驗一下交日本朋友的樂趣吧！

六、參加演唱會，瘋狂呼喊搖擺用的日語：透過當地的音樂與節奏，是體驗當地文化民情最好的方法！用書上的句子，去參加演唱會、看歌舞劇，學當地觀眾瘋狂吶喊一下吧！

七、放鬆一下，享受護膚、按摩的日語：日本有許多讓遊客輕鬆體驗的 SPA 設施，想要有最放鬆的享受，就用這些日語吧！這樣就可以隨心所欲地度過悠閒時光，大大放鬆一下生活中緊張的情緒。

八、既然來就要帶走一些東西用的日語：日本是個購物天國，不管是買一些當地的紀念品，好為這段旅行留念，或親朋好友托買的藥妝品，還是犒賞自己就是要買日本品牌的衣服。到日本盡情享受多姿多彩的購物樂趣，就用書上這些句子吧！

九、背起包包，四處探險的日語：走別人較少走的路線，或爬平時較難到的山，漫步在城市的歷史區…。想要找到最美麗的地方，就要靠自己的雙腳去尋找。用這些句子去尋找，絕對值回票價喔！

十、在日本遇到麻煩事用的日語：在日本旅遊的時候，難免會遇到一些令人意想不到的麻煩事。想玩得盡興最好多做準備，那就用書中的句子了。當然，遇到麻煩事也不要慌張，要冷靜處理喔！

もくじ

目錄

1 在飛機上

○○＋在哪裡？

01

wa.do.ko.de.su.ka.

○○＋はどこですか。

哇.都.寇.爹.酥.卡.

我的座位	商務客艙	經濟艙
wa.ta.shi.no.se.ki.	bi.ji.ne.su.ku.ra.su.	e.ko.no.mi.i.ku.ra.su.
私(わたし)の席(せき)	ビジネスクラス	エコノミークラス
哇.它.西.諾.誰.克伊.	逼.基.內.酥.枯.拉.酥.	耶.寇.諾.咪.伊.枯.拉.酥.

洗手間	緊急出口
to.i.re.	hi.jo.o.gu.chi.
トイレ	非常口(ひじょうぐち)
偷.伊.累.	喝伊.久.～.估.七.

例句

不好意思請借過。

su.mi.ma.se.n.

すみません。

酥.咪.媽.誰.恩.

可以換一下座位嗎？

se.ki.o.ka.e.te.i.ta.da.ke.ma.se.n.ka.

席(せき)を変(か)えていただけませんか。

誰.克伊.歐.卡.耶.貼.伊.它.答.克耶.媽.誰.恩.卡.

可以坐這個座位嗎？

ko.no.se.ki.ni.su.wa.tte.mo.i.i.de.su.ka.

この席(せき)に座(すわ)ってもいいですか。

寇.諾.誰.克伊.尼.酥.哇.^貼.某.伊.～.爹.酥.卡.

行李放不進去。

ni.mo.tsu.ga.ha.i.ri.ma.se.n.

荷物(にもつ)が入(はい)りません。

尼.某.豬.嘎.哈.伊.里.媽.誰.恩.

我的椅子可以往後躺嗎？

i.su.o.ta.o.shi.te.mo.i.i.de.su.ka.

椅子(いす)を倒(たお)してもいいですか。

伊.酥.歐.它.歐.西.貼.某.伊.～.爹.酥.卡.

可以去上廁所嗎？

o.te.a.ra.i.ni.i.tte.mo.i.i.de.su.ka.

てあら　い
お手洗いに行ってもいいですか。

歐.貼.阿.拉.伊.尼.伊.^貼.某.伊.～.爹.酥.卡.

2 問空姐

請給我＋○○。

01

o.ku.da.sa.i.

○○＋をください。

歐.枯.答.沙.伊.

飲料	咖啡	毛毯
no.mi.mo.no.	ko.o.hi.i.	mo.o.fu.
の　もの **飲み物**	**コーヒー**	もう ふ **毛布**
諾.咪.某.諾.	寇.～.喝伊.～.	某.～.夫.
		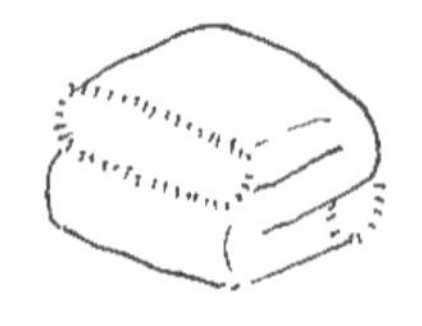

地圖	雞肉	葡萄酒
chi.zu.	chi.ki.n.	wa.i.n.
地図（ちず）	チキン	ワイン
七.茲.	七.克伊.恩.	哇.伊.恩.

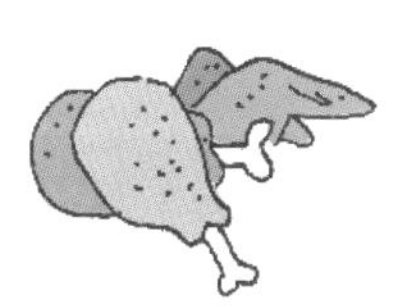

例句

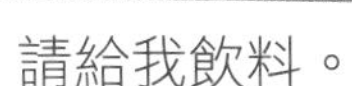

請給我飲料。

no.mi.mo.no.o.ku.da.sa.i.

飲み物（のみもの）をください。

諾.咪.某.諾.歐.枯.答.沙.伊.

請給我白葡萄酒。

shi.ro.wa.i.n.o.ku.da.sa.i.

白（しろ）ワインをください。

西.摟.哇.伊.恩.歐.枯.答.沙.伊.

我要牛肉。

gyu.u.ni.ku.o.o.ne.ga.i.shi.ma.su.

ぎゅうにく　ねが
牛肉をお願いします。

克烏.～.尼.枯.歐.歐.內.嘎.伊.西.媽.酥.

您要喝紅茶嗎？

ko.o.cha.i.ka.ga.de.su.ka.

こうちゃ
紅茶いかがですか。

寇.～.洽.伊.卡.嘎.爹.酥.卡.

請再給我一杯。

mo.o.i.ppa.i.ku.da.sa.i.

いっぱい
もう１杯ください。

某.～.伊.＾趴.伊.枯.答.沙.伊.

請給我毛巾。

ta.o.ru.o.ku.da.sa.i.

タオルをください。

它.歐.魯.歐.枯.答.沙.伊.

3 機上服務

有＋○○＋嗎？

01

wa.a.ri.ma.su.ka.

○○＋はありますか。

哇.阿.里.媽.酥.卡.

報紙	英文雜誌	感冒藥
shi.n.bu.n.	e.e.go.no.za.sshi.	ka.ze.gu.su.ri.
新聞（しんぶん）	英語の雑誌（えいごのざっし）	風邪薬（かぜぐすり）
西.恩.布.恩.	耶.～.勾.諾.雜.＾西.	卡.瑞賊.估.酥.里.

暈車藥	入境卡
yo.i.do.me.gu.su.ri.	shu.tsu.nyu.u.ko.ku.ki.ro.ku.ka.a.do.
酔い止め薬（よいどめぐすり）	出入国記録カード（しゅつにゅうこくきろくカード）
悠.伊.都.妹.估.酥.里.	西烏.豬.牛.～.寇.枯.克伊.摟.枯.卡.～.都.
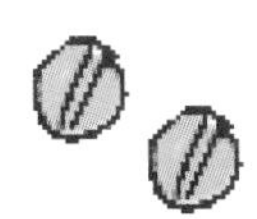	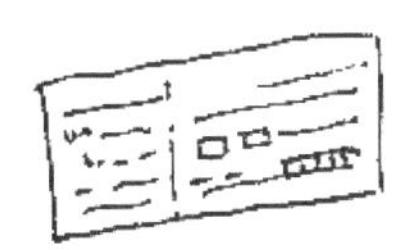

例句

給我入境卡。

nyu.u.ko.ku.ka.a.do.o.ku.da.sa.i.

にゅうこく
入国カードをください。

牛.～.寇.枯.卡.～.都.歐.枯.答.沙.伊.

我身體不舒服。

ki.bu.n.ga.wa.ru.i.de.su.

きぶん　わる
気分が悪いです。

克伊.布.恩.嘎.哇.魯.伊.爹.酥.

我肚子疼。

o.na.ka.ga.i.ta.i.de.su.

いた
おなかが痛いです。

歐.那.卡.嘎.伊.它.伊.爹.酥.

現在我們在哪裡？

i.ma.do.no.he.n.de.su.ka.

いま
今、どのへんですか。

伊.媽.都.諾.黑.恩.爹.酥.卡.

幾點到達呢？

na.n.ji.ni.tsu.ki.ma.su.ka.

なんじ　つ
何時に着きますか。

那.恩.基.尼.豬.克伊.媽.酥.卡.

02

您來訪的目的是什麼呢？

ryo.ko.o.no.mo.ku.te.ki.wa.na.n.de.su.ka.

りょこう　もくてき　なん
旅行の目的は何ですか。

溜.寇.～.諾.某.枯.貼.克伊.哇.那.恩.爹.酥.卡.

是＋○○。

de.su.

○○＋です。

爹.酥.

開會	觀光	留學
ka.i.gi.	ka.n.ko.o.	ryu.u.ga.ku.
かいぎ 会議	かんこう 観光	りゅうがく 留学
卡.伊.哥伊.	卡.恩.寇.～.	里烏.～.嘎.枯.

工作
shi.go.to.
仕事（しごと）
西.勾.偷.

出差
shu.ccho.o.
出張（しゅっちょう）
西烏.ˆ秋.～.

拜訪朋友
chi.ji.n.ho.o.mo.n.
知人訪問（ちじんほうもん）
七.基.恩.后.～.某.恩.

例句

請讓我看一下護照跟機票。
pa.su.po.o.to.to.to.o.jo.o.ke.n.o.mi.se.te.ku.da.sa.i.
パスポートと搭乗券（とうじょうけん）を見（み）せてください。
趴.酥.剖.～.偷.偷.偷.～.久.～.克耶.恩.歐.咪.誰.貼.枯.答.沙.伊.

請讓我看一下護照。
pa.su.po.o.to.o.mi.se.te.ku.da.sa.i.
パスポートを見（み）せてください。
趴.酥.剖.～.偷.歐.咪.誰.貼.枯.答.沙.伊.

好的，請。

ha.i.do.o.zo.

はい、どうぞ。

哈.伊.都.～.宙.

請在八號窗口前排隊。

ha.chi.ba.n.no.ma.do.gu.chi.ni.o.na.ra.bi.ku.da.sa.i.

8番(はちばん)の窓口(まどぐち)にお並(なら)びください。

哈.七.拔.恩.諾.媽.都.估.七.尼.歐.那.拉.逼.枯.答.沙.伊.

請看這邊的照相機。

ka.me.ra.o.mi.te.ku.da.sa.i.

カメラを見(み)てください。

卡.妹.拉.歐.咪.貼.枯.答.沙.伊.

請將食指按在這裡。（指紋採樣時）

hi.to.sa.shi.yu.bi.o.ko.ko.ni.o.i.te.ku.da.sa.i.

人差(ひとさ)し指(ゆび)をここに置(お)いてください。

喝伊.偷.沙.西.尤.逼.歐.寇.寇.尼.歐.伊.貼.枯.答.沙.伊.

請看這邊。（存錄個人臉部影像資料時）

ko.chi.ra.o.mi.te.ku.da.sa.i.

こちらを見(み)てください。

寇.七.拉.歐.咪.貼.枯.答.沙.伊.

好的，這樣可以了。

ha.i.ko.re.de.ke.kko.o.de.su.

はい、これでけっこうです。

哈.伊.寇.累.爹.克耶.＾寇.～.爹.酥.

5 入境的目的

02

您預定停留多久？

na.n.ni.chi.ta.i.za.i.shi.ma.su.ka.

何日滞在(なんにちたいざい)しますか。

那.恩.尼.七.它.伊.雜.伊.西.媽.酥.卡.

是＋○○。

de.su.

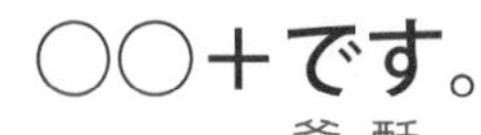

○○＋です。

爹.酥.

五天

i.tsu.ka.ka.n.

いつ か かん
5日間

伊.豬.卡.卡.恩.

三天

mi.kka.ka.n.

みっ か かん
3日間

咪.＾卡.卡.恩.

一星期

i.sshu.u.ka.n.

いっしゅうかん
1週間

伊.＾西烏.～.卡.恩.

一個月

i.kka.ge.tsu.

いっ げつ
1か月

伊.＾卡.給.豬.

十天

to.o.ka.ka.n.

とお か かん
10日間

偷.～.卡.卡.恩.

你從事什麼工作？

sho.ku.gyo.o.wa.na.n.de.su.ka.

しょくぎょう
職業はなんですか。

休.枯.克悠.～.哇.那.恩.爹.酥.卡.

（我）是＋○○。

de.su.

○○＋です。

爹.酥.

家庭主婦	醫生	學生
shu.fu.	i.sha.	ga.ku.se.e.
しゅ ふ **主婦**	い しゃ **医者**	がくせい **学生**
西烏.夫.	伊.蝦.	嘎.枯.誰.～.

老師	公司職員
se.n.se.e.	ka.i.sha.i.n.
せんせい **先生**	かいしゃいん **会社員**
誰.恩.誰.～.	卡.伊.蝦.伊.恩.

例句

一起的嗎？

go.i.ssho.de.su.ka.

ご一緒(いっしょ)ですか。

勾.伊.^休.爹.酥.卡.

住在哪裡呢？

do.ko.ni.ta.i.za.i.shi.ma.su.ka.

どこに滞在(たいざい)しますか。

都.寇.尼.它.伊.雜.伊.西.媽.酥.卡.

住在〇〇飯店。

〇〇.ho.te.ru.ni.to.ma.ri.ma.su.

〇〇ホテルに泊(と)まります。

〇〇.后.貼.魯.尼.偷.媽.里.媽.酥.

有東西要申報的嗎？

shi.n.ko.ku.su.ru.mo.no.wa.a.ri.ma.su.ka.

申告(しんこく)するものはありますか。

西.恩.寇.枯.酥.魯.某.諾.哇.阿.里.媽.酥.卡.

不，沒有。

i.i.e.a.ri.ma.se.n.

いいえ、ありません。

伊.～.耶.阿.里.媽.誰.恩.

沒有，沒有什麼要申報的。

i.i.e.shi.n.ko.ku.su.ru.mo.no.wa.a.ri.ma.se.n.

しんこく
いいえ、申告するものはありません。

伊.～.耶.西.恩.寇.枯.酥.魯.某.諾.哇.阿.里.媽.誰.恩.

是日常用品跟禮物。

mi.no.ma.wa.ri.hi.n.to.pu.re.ze.n.to.de.su.

み　まわ　ひん
身の回り品とプレゼントです。

咪.諾.媽.哇.里.喝伊.恩.偷.撲.累.瑞賊.恩.偷.爹.酥.

我的行李沒有出來。

ni.mo.tsu.ga.de.te.ko.na.i.no.de.su.ga.

にもつ　で
荷物が出てこないのですが。

尼.某.豬.嘎.爹.貼.寇.那.伊.諾.爹.酥.嘎.

請在這裡填寫聯絡地址。

ko.chi.ra.ni.go.re.n.ra.ku.sa.ki.o.ki.nyu.u.shi.te.ku.da.sa.i.

れんらくさき　きにゅう
こちらにご連絡先を記入してください。

寇.七.拉.尼.勾.累.恩.拉.枯.沙.克伊.歐.克伊.牛.～.西.貼.枯.答.沙.伊.

我想換錢。

ryo.o.ga.e.shi.ta.i.no.de.su.ga.

りょうがえ
両替したいのですが。

溜.～.嘎.耶.西.它.伊.諾.爹.酥.嘎.

今天的匯率是多少呢？

kyo.o.no.ka.wa.se.re.e.to.wa.i.ku.ra.de.su.ka.

今日（きょう）の為替（かわせ）レートはいくらですか。

卡悠.～.諾.卡.哇.誰.累.～.偷.哇.伊.枯.拉.爹.酥.卡.

有多少日圓呢？

na.n.e.n.ni.na.ri.ma.su.ka.

何円（なんえん）になりますか。

那.恩.耶.恩.尼.那.里.媽.酥.卡.

幫我加些零錢。

ko.ze.ni.mo.ma.ze.te.ku.da.sa.i.

小銭（こぜに）も混（ま）ぜてください。

寇.瑞賊.尼.某.媽.瑞賊.貼.枯.答.沙.伊.

幫我加些硬幣。

ko.i.n.mo.ma.ze.te.ku.da.sa.i.

コインも混（ま）ぜてください。

寇.伊.恩.某.媽.瑞賊.貼.枯.答.沙.伊.

1 住宿登記

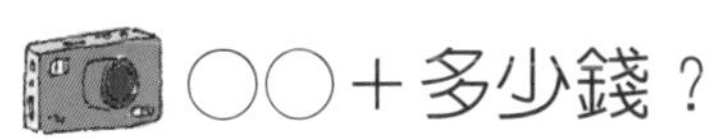

○○＋多少錢？

03

(wa.)i.ku.ra.de.su.ka.

○○＋（は）いくらですか。

(哇.)伊.枯.拉.爹.酥.卡.

一晚	一個人	兩張單人床房間
i.ppa.ku.	hi.to.ri.	tsu.i.n.wa.
1泊（いっぱく）	一人（ひとり）	ツインは
伊.^趴.枯.	喝伊.偷.里.	豬.伊.恩.哇.

一張雙人床房間	單人床房間	這個房間
da.bu.ru.wa.	shi.n.gu.ru.wa.	ko.no.he.ya.wa.
ダブルは	シングルは	この部屋（へや）は
答.布.魯.哇.	西.恩.估.魯.哇.	寇.諾.黑.呀.哇.

總統套房
su.i.i.to.ru.u.mu.wa.
スイートルームは
酥.伊.～.偷.魯.～.母.哇.

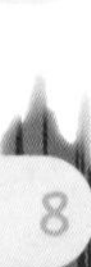

例句

我要住宿登記。

che.kku.i.n.o.o.ne.ga.i.shi.ma.su.

チェックインをお願(ねが)いします。

切.^枯.伊.恩.歐.歐.內.嘎.伊.西.媽.酥.

我有預約。

yo.ya.ku.shi.te.a.ri.ma.su.

予約(よやく)してあります。

悠.呀.枯.西.貼.阿.里.媽.酥.

我已經預約好了，叫○○。

yo.ya.ku.o.shi.ta.○○.de.su.

予約(よやく)をした○○です。

悠.呀.枯.歐.西.它.○○.爹.酥.

您貴姓大名？

o.na.ma.e.wa.

お名前(なまえ)は？

歐.那.媽.耶.哇.

一晚多少錢？

i.ppa.ku.i.ku.ra.de.su.ka.

1泊(いっぱく)いくらですか。

伊.^趴.枯.伊.枯.拉.爹.酥.卡.

有附早餐嗎？

cho.o.sho.ku.wa.tsu.ki.ma.su.ka.

朝食(ちょうしょく)は付(つ)きますか。

秋.～.休.枯.哇.豬.<u>克伊</u>.媽.酥.卡.

早餐幾點開始呢？

cho.o.sho.ku.wa.na.n.ji.ka.ra.de.su.ka.

朝食(ちょうしょく)は何時(なんじ)からですか。

秋.～.休.枯.哇.那.恩.基.卡.拉.爹.酥.卡.

幾點退房呢？

che.kku.a.u.to.wa.na.n.ji.de.su.ka.

チェックアウトは何時(なんじ)ですか。

切.ˆ枯.阿.烏.偷.哇.那.恩.基.爹.酥.卡.

我要退房。

che.kku.a.u.to.o.o.ne.ga.i.shi.ma.su.

チェックアウトをお願(ねが)いします。

切.ˆ枯.阿.烏.偷.歐.歐.内.嘎.伊.西.媽.酥.

請＋○○。

03

o.　　　ku.da.sa.i.

○○＋を＋○○＋ください。

歐.　　　枯.答.沙.伊.

熨斗／借我 a.i.ro.n./ ka.shi.te. **アイロン／貸(か)して** 阿.伊.摟.恩.／卡.西.貼.	行李／搬運 ni.mo.tsu./ ha.ko.n.de. **荷物(にもつ)／運(はこ)んで** 尼.某.豬.／哈.寇.恩.爹.

地方／告訴我 ba.sho./ o.shi.e.te. **場所(ばしょ)／教(おし)えて** 拔.休.／歐.西.耶.貼.	使用方法／教我 tsu.ka.i.ka.ta./ o.shi.e.te. **使(つか)い方(かた)／教(おし)えて** 豬.卡.伊.卡.它.／歐.西.耶.貼.

例句

可以幫我保管貴重物品嗎？

ki.cho.o.hi.n.o.a.zu.ka.tte.mo.ra.e.ma.su.ka.

貴重品(きちょうひん)を預(あず)かってもらえますか。

克伊.秋.～.喝伊.恩.歐.阿.茲.卡.ˆ貼.某.拉.耶.媽.酥.卡.

我想要寄放行李。

ni.mo.tsu.o.a.zu.ke.ta.i.no.de.su.ga.

荷物(にもつ)を預(あず)けたいのですが。

尼.某.豬.歐.阿.茲.克耶.它.伊.諾.爹.酥.嘎.

我要叫醒服務。

mo.o.ni.n.gu.ko.o.ru.o.o.ne.ga.i.shi.ma.su.

モーニングコールをお願(ねが)いします。

某.～.尼.恩.估.寇.～.魯.歐.歐.内.嘎.伊.西.媽.酥.

請借我加濕器。

ka.shi.tsu.ki.o.ka.shi.te.ku.da.sa.i.

加湿器(かしつき)を貸(か)してください。

卡.西.豬.克伊.歐.卡.西.貼.枯.答.沙.伊.

請借我熨斗。

a.i.ro.n.o.ka.shi.te.ku.da.sa.i.

アイロンを貸(か)してください。

阿.伊.摟.恩.歐.卡.西.貼.枯.答.沙.伊.

有會說中文的人嗎？

chu.u.go.ku.go.o.ha.na.se.ru.hi.to.wa.i.ma.su.ka.

中国語(ちゅうごくご)を話(はな)せる人(ひと)はいますか。

七烏.～.勾.枯.勾.歐.哈.那.誰.魯.喝伊.偷.哇.伊.媽.酥.卡.

附近有便利商店嗎？

chi.ka.ku.ni.ko.n.bi.ni.wa.a.ri.ma.su.ka.

近(ちか)くにコンビニはありますか。

七.卡.枯.尼.寇.恩.逼.尼.哇.阿.里.媽.酥.卡.

可以使用網路嗎？

i.n.ta.a.ne.tto.wa.ri.yo.o.de.ki.ma.su.ka.

インターネットは利用(りよう)できますか。

伊.恩.它.～.內.＾偷.哇.里.悠.～.爹.克伊.媽.酥.卡.

附近有好吃的餐廳嗎？

chi.ka.ku.ni.o.i.shi.i.re.su.to.ra.n.wa.a.ri.ma.su.ka.

近(ちか)くにおいしいレストランはありますか。

七.卡.枯.尼.歐.伊.西.～.累.酥.偷.拉.恩.哇.阿.里.媽.酥.卡.

幫我叫計程車。

ta.ku.shi.i.o.yo.n.de.ku.da.sa.i.

タクシーを呼(よ)んでください。

它.枯.西.～.歐.悠.恩.爹.枯.答.沙.伊.

緊急出口在哪裡？

hi.jo.o.gu.chi.wa.do.ko.de.su.ka.

非常口（ひじょうぐち）はどこですか。

喝伊.久.～.估.七.哇.都.寇.爹.酥.卡.

3 在飯店遇到麻煩

請（幫我）＋○○。

o. ku.da.sa.i.

○○＋を＋○○＋ください。

歐. 枯.答.沙.伊.

房間／更換 he.ya./ ka.e.te. 部屋（へや）／替（か）えて 黑.呀.／卡.耶.貼.	毛巾／更換 ta.o.ru./ ka.e.te. タオル／替（か）えて 它.歐.魯.／卡.耶.貼.
床單／更換 shi.i.tsu./ ka.e.te シーツ／替（か）えて 西.～.豬.／卡.耶.貼.	醫生／叫喚 o.i.sha.sa.n./ yo.n.de. お医者（いしゃ）さん／呼（よ）んで 歐.伊.蝦.沙.恩.／悠.恩.爹.

例句

怎麼了嗎？

do.o.ka.shi.ma.shi.ta.ka.

どうかしましたか。

都.～.卡.西.媽.西.它.卡.

鑰匙不見了。

ka.gi.o.na.ku.shi.te.shi.ma.tta.no.de.su.ga.

鍵(かぎ)をなくしてしまったのですが。

卡.哥伊.歐.那.枯.西.貼.西.媽.ˆ它.諾.爹.酥.嘎.

熱水不夠熱。

o.yu.ga.nu.ru.i.no.de.su.ga.

お湯(ゆ)がぬるいのですが。

歐.尤.嘎.奴.魯.伊.諾.爹.酥.嘎.

廁所沒有水。

to.i.re.no.mi.zu.ga.na.ga.re.na.i.no.de.su.ga.

トイレの水(みず)が流(なが)れないのですが。

偷.伊.累.諾.咪.茲.嘎.那.嘎.累.那.伊.諾.爹.酥.嘎.

沒有熱水。

o.yu.ga.de.na.i.no.de.su.ga.

お湯(ゆ)が出(で)ないのですが。

歐.尤.嘎.爹.那.伊.諾.爹.酥.嘎.

電視打不開。

te.re.bi.ga.tsu.ka.na.i.no.de.su.ga.

テレビがつかないのですが。

貼.累.逼.嘎.豬.卡.那.伊.諾.爹.酥.嘎.

房間好冷。

he.ya.ga.sa.mu.i.no.de.su.ga.

へ や　さむ
部屋が寒いのですが。

黑.呀.嘎.沙.母.伊.諾.爹.酥.嘎.

隔壁的人很吵。

to.na.ri.no.he.ya.ga.u.ru.sa.i.no.de.su.ga.

となり　へ や
隣の部屋がうるさいのですが。

偷.那.里.諾.黑.呀.嘎.烏.魯.沙.伊.諾.爹.酥.嘎.

幫我換別的房間。

chi.ga.u.he.ya.ni.shi.te.ku.da.sa.i.

ちが　へ や
違う部屋にしてください。

七.嘎.烏.黑.呀.尼.西.貼.枯.答.沙.伊.

房間的電燈沒辦法打開。

he.ya.no.de.n.ki.ga.tsu.ka.na.i.no.de.su.ga.

へ や　でん き
部屋の電気がつかないのですが。

黑.呀.諾.爹.恩.克伊.嘎.豬.卡.那.伊.諾.爹.酥.嘎.

房間的燈打不開。

de.n.ki.ga.tsu.ka.na.i.no.de.su.ga.

でんき
電気がつかないのですが。

爹.恩.克伊.嘎.豬.卡.那.伊.諾.爹.酥.嘎.

旅行小記

1 預約餐廳

○○＋是＋○○。 04

de. de.su.

○○＋で＋○○＋です。

爹. 爹.酥.

今晚７點／兩位

ko.n.ba.n.shi.chi.ji./ fu.ta.ri.

こんばんしちじ ふたり

今晚７時／二人

寇.恩.拔.恩.西.七.基.／夫.它.里.

明晚８點／四位

a.shi.ta.no.yo.ru.ha.chi.ji./ yo.ni.n.

あした よるはちじ よにん

明日の夜８時／４人

阿.西.它.諾.悠.魯.哈.七.基.／悠.尼.恩.

今天６點／三位

kyo.o.no.ro.ku.ji./ sa.n.ni.n.

きょう ろくじ さんにん

今日の６時／３人

卡悠.～.諾.摟.枯.基.／沙.恩.尼.恩.

1 2 3 4 5 6 7 8 9 10

例句

我們有三個人，有位子嗎？

sa.n.ni.n.de.su.ga.se.ki.wa.a.ri.ma.su.ka.

さんにん　せき
3人ですが、席はありますか。

沙.恩.尼.恩.爹.酥.嘎.誰.克伊.哇.阿.里.媽.酥.卡.

要等多久？

do.no.ku.ra.i.ma.chi.ma.su.ka.

ま
どのくらい待ちますか。

都.諾.枯.拉.伊.媽.七.媽.酥.卡.

我要窗邊的座位。

ma.do.ga.wa.no.se.ki.ga.i.i.no.de.su.ga.

まどがわ　せき
窓側の席がいいのですが。

媽.都.嘎.哇.諾.誰.克伊.嘎.伊.～.諾.爹.酥.嘎.

有個室的嗎？

ko.shi.tsu.wa.a.ri.ma.su.ka.

こしつ
個室はありますか。

寇.西.豬.哇.阿.里.媽.酥.卡.

套餐要多少錢？

ko.o.su.wa.i.ku.ra.de.su.ka.

コースはいくらですか。

寇.～.酥.哇.伊.枯.拉.爹.酥.卡.

麻煩我要＋○○。

○04

o.ne.ga.i.shi.ma.su.

ねが

○○＋お願いします。

歐.內.嘎.伊.西.媽.酥.

預約	7點	算帳
yo.ya.ku. よ やく 予約 悠.呀.枯. 	shi.chi.ji.ni. しち じ 7時に 西.七.基.尼. 	o.ka.n.jo.o. かんじょう お勘定 歐.卡.恩.久.～. 
確認 ka.ku.ni.n. かくにん 確認 卡.枯.尼.恩. 	快一點 ha.ya.ku. はや 早く 哈.呀.枯. 	換錢 ryo.o.ga.e. りょうがえ 両替 溜.～.嘎.耶. 

例句

你好。

ko.n.ni.chi.wa.

こんにちは。

寇.恩.尼.七.哇.

歡迎光臨。

i.ra.ssha.i.ma.se.

いらっしゃいませ。

伊.拉.^蝦.伊.媽.誰.

有不辣的料理嗎？

ka.ra.ku.na.i.ryo.o.ri.wa.a.ri.ma.su.ka.

辛(から)くない料理(りょうり)はありますか。

卡.拉.枯.那.伊.溜.～.里.哇.阿.里.媽.酥.卡.

有的。

ha.i.a.ri.ma.su.

はい、あります。

哈.伊.阿.里.媽.酥.

麻煩我要點菜。

chu.u.mo.n.o.o.ne.ga.i.shi.ma.su.

注文(ちゅうもん)をお願(ねが)いします。

七烏.～.某.恩.歐.歐.內.嘎.伊.西.媽.酥.

1
2
3
4
5
6
7
8
9
10

不要太辣。

ka.ra.sa.hi.ka.e.me.ni.shi.te.ku.da.sa.i.

辛(から)さ控(ひか)えめにしてください。

卡.拉.沙.喝伊.卡.耶.妹.尼.西.貼.枯.答.沙.伊.

給我熱毛巾。

o.shi.bo.ri.o.ku.da.sa.i.

おしぼりをください。

歐.西.剝.里.歐.枯.答.沙.伊.

給我筷子。

o.ha.shi.o.ku.da.sa.i.

お箸(はし)をください。

歐.哈.西.歐.枯.答.沙.伊.

3 我要點這個

有＋○○＋嗎？

04

wa.a.ri.ma.su.ka.

○○＋はありますか。

哇.阿.里.媽.酥.卡.

火鍋 na.be.mo.no. なべもの **鍋物** 那.貝.某.諾.	定食 te.e.sho.ku. ていしょく **定食** 貼.～.休.枯.	拉麵 ra.a.me.n. **ラーメン** 拉.～.妹.恩.
烏龍麵 u.do.n. **うどん** 烏.都.恩.	便當 be.n.to.o. べんとう **弁当** 貝.恩.偷.～.	牛肉蓋飯 gyu.u.do.n. ぎゅうどん **牛丼** 克烏.～.都.恩.

例句

有中文的菜單嗎？

chu.u.go.ku.go.no.me.nyu.u.wa.a.ri.ma.su.ka.

ちゅうごくご

中国語のメニューはありますか。

七烏.～.勾.枯.勾.諾.妹.牛.～.哇.阿.里.媽.酥.卡.

我想點菜。

chu.u.mo.n.o.o.ne.ga.i.shi.ma.su.

ちゅうもん　ねが

注文をお願いします。

七烏.～.某.恩.歐.歐.內.嘎.伊.西.媽.酥.

給我看菜單。

me.nyu.u.o.mi.se.te.ku.da.sa.i.

メニューを見せてください。

妹.牛.～.歐.咪.誰.貼.枯.答.沙.伊.

有什麼推薦的？

o.su.su.me.wa.na.n.de.su.ka.

お薦めは何ですか。

歐.酥.酥.妹.哇.那.恩.爹.酥.卡.

我想吃日本料理。

ni.ho.n.ryo.o.ri.ga.ta.be.ta.i.de.su.

日本料理が食べたいです。

尼.后.恩.溜.～.里.嘎.它.貝.它.伊.爹.酥.

我想吃道地的壽司跟天婦羅。

ho.n.ba.no.o.su.shi.to.te.n.pu.ra.ga.ta.be.ta.i.de.su.

本場のおすしと天ぷらが食べたいです。

后.恩.拔.諾.歐.酥.西.偷.貼.恩.撲.拉.嘎.它.貝.它.伊.爹.酥.

什麼最好吃？

na.ni.ga.i.chi.ba.n.o.i.shi.i.de.su.ka.

何が一番おいしいですか。

那.尼.嘎.伊.七.拔.恩.歐.伊.西.～.爹.酥.卡.

什麼好吃？

na.ni.ga.o.i.shi.i.de.su.ka.

何（なに）がおいしいですか。

那.尼.嘎.歐.伊.西.～.爹.酥.卡.

這是什麼料理？

ko.re.wa.do.n.na.ryo.o.ri.de.su.ka.

これはどんな料理（りょうり）ですか。

寇.累.哇.都.恩.那.溜.～.里.爹.酥.卡.

一樣的東西，給我們兩個。

o.na.ji.mo.no.o.fu.ta.tsu.ku.da.sa.i.

同（おな）じものを二（ふた）つください。

歐.那.基.某.諾.歐.夫.它.豬.枯.答.沙.伊.

給我這個。

ko.re.o.ku.da.sa.i.

これをください。

寇.累.歐.枯.答.沙.伊.

給我跟那個一樣的東西。

a.re.to.o.na.ji.mo.no.o.ku.da.sa.i.

あれと同（おな）じものをください。

阿.累.偷.歐.那.基.某.諾.歐.枯.答.沙.伊.

「竹」套餐三人份。

ta.ke.sa.n.ni.n.ma.e.ku.da.sa.i.

たけさんにんまえ
竹３人前ください。

它.克耶.沙.恩.尼.恩.媽.耶.枯.答.沙.伊.

我要Ｃ定食。

wa.ta.shi.wa.shi.i.te.e.sho.ku.ni.shi.ma.su.

わたし　シーていしょく
私はＣ定食にします。

哇.它.西.哇.西.～.貼.～.休.枯.尼.西.媽.酥.

我不要太辣。

ka.ra.sa.hi.ka.e.me.ni.shi.te.ku.da.sa.i.

から　ひか
辛さ控えめにしてください。

卡.拉.沙.喝伊.卡.耶.妹.尼.西.貼.枯.答.沙.伊.

您咖啡要什麼時候用呢？

ko.o.hi.i.wa.i.tsu.o.mo.chi.shi.ma.su.ka.

も
コーヒーはいつお持ちしますか。

寇.～.喝伊.～.哇.伊.豬.歐.某.七.西.媽.酥.卡.

麻煩餐前／餐後幫我送上。

sho.ku.ze.n./ sho.ku.go.ni.o.ne.ga.i.shi.ma.su.

しょくぜん　しょくご　ねが
食前／食後にお願いします。

休.枯.瑞賊.恩.／休.枯.勾.尼.歐.內.嘎.伊.西.媽.酥.

我想＋○○。

○05

ta.i.de.su.

○○＋たいです。

它.伊.爹.酥.

吃

ta.be.

食(た)べ

它.貝.

問

ki.ki.

聞(き)き

克伊.克伊.

去

i.ki.

行(い)き

伊.克伊.

搭乘

no.ri.

乗(の)り

諾.里.

看

mi.

見(み)

咪.

例句

可以吃了嗎？

mo.o.ta.be.te.i.i.de.su.ka.

もう食(た)べていいですか。

某.～.它.貝.貼.伊.～.爹.酥.卡.

還不可以。

ma.da.de.su.yo.

まだですよ。

媽.答.爹.酥.悠.

可以吃了。

i.i.de.su.yo.

いいですよ。

伊.～.爹.酥.悠.

開動啦！

i.ta.da.ki.ma.su.

いただきます。

伊.它.答.克伊.媽.酥.

這要怎麼吃呢？

ko.re.wa.do.o.ta.be.ru.no.de.su.ka.

これはどう食(た)べるのですか。

寇.累.哇.都.～.它.貝.魯.諾.爹.酥.卡.

這樣吃。

ko.o.ya.tte.ta.be.ma.su.

こうやって食(た)べます。

寇.～.呀.^貼.它.貝.媽.酥.

好辣！

ka.ra.i.

辛(から)い。

卡.拉.伊.

好甜！

a.ma.i.

甘(あま)い。

阿.媽.伊.

好吃！

o.i.shi.i.

おいしい。

歐.伊.西.～.

很燙。

a.tsu.i.de.su.

熱(あつ)いです。

阿.豬.伊.爹.酥.

1
2
3
4
5
6
7
8
9
10

很辣。

ka.ra.i.de.su.

辛(から)いです。

卡.拉.伊.爹.酥.

很苦。

ni.ga.i.de.su.

苦(にが)いです。

尼.嘎.伊.爹.酥.

很鹹。

sho.ppa.i.de.su.

しょっぱいです。

休.^趴.伊.爹.酥.

很酸。

su.ppa.i.de.su.

すっぱいです。

酥.^趴.伊.爹.酥.

味道還可以。

ma.a.ma.a.de.su.

まあまあです。

媽.～.媽.～.爹.酥.

雖然很辣，但很好吃。

ka.ra.i.ke.re.do.o.i.shi.i.de.su.

辛(から)いけれどおいしいです。

卡.拉.伊.克耶.累.都.歐.伊.西.～.爹.酥.

再來一碗。

o.ka.wa.ri.o.ku.da.sa.i.

お代(か)わりをください。

歐.卡.哇.里.歐.枯.答.沙.伊.

不怎麼好吃。

a.ma.ri.o.i.shi.ku.a.ri.ma.se.n.

あまりおいしくありません。

阿.媽.里.歐.伊.西.枯.阿.里.媽.誰.恩.

我沒有點這個。

ko.re.wa.chu.u.mo.n.shi.te.i.ma.se.n.

これは注文(ちゅうもん)していません。

寇.累.哇.七烏.～.某.恩.西.貼.伊.媽.誰.恩.

5 享受美酒

○○＋如何呢？

05

(wa.)i.ka.ga.de.su.ka.

○○＋（は）いかがですか。

(哇.)伊.卡.嘎.爹.酥.卡.

一杯	罐裝啤酒	清酒
i.ppai.	ka.n.bi.i.ru.	o.sa.ke.
いっぱい 1杯	かん 缶ビール	さけ お酒
伊.^趴.伊.	卡.恩.逼.～.魯.	歐.沙.克耶.

當地清酒	燒酒	雞尾酒
ji.za.ke.	sho.o.chu.u.	ka.ku.te.ru.
じ ざけ 地酒	しょうちゅう 焼酎	カクテル
基.雜.克耶.	休.～.七烏.～.	卡.枯.貼.魯.

例句

今天晚上，喝一杯吧！

ko.n.ba.n.i.ppa.i.ya.ri.ma.sho.o.

今晚（こんばん）、1杯（いっぱい）やりましょう。

寇.恩.拔.恩.伊.＾趴.伊.呀.里.媽.休.～.

你能喝多少？

do.re.ku.ra.i.no.me.ma.su.ka.

どれくらい飲（の）めますか。

都.累.枯.拉.伊.諾.妹.媽.酥.卡.

兩瓶啤酒。

bi.i.ru.ni.ho.n.de.su.

ビール2本（にほん）です。

逼.～.魯.尼.后.恩.爹.酥.

給我白／紅葡萄酒。

shi.ro./ a.ka.wa.i.n.o.ku.da.sa.i.

白（しろ）／赤（あか）ワインをください。

西.摟.／阿.卡.哇.伊.恩.歐.枯.答.沙.伊.

這個最棒！

ko.re.ga.i.chi.ba.n.de.su.

これが一番（いちばん）です。

寇.累.嘎.伊.七.拔.恩.爹.酥.

1
2
3
4
5
6
7
8
9
10

給我兩杯生啤酒。

na.ma.bi.i.ru.fu.ta.tsu.ku.da.sa.i.

生（なま）ビール二（ふた）つください。

那.媽.逼.～.魯.夫.它.豬.枯.答.沙.伊.

下酒菜幫我適當配一下。

tsu.ma.mi.wa.o.ma.ka.se.de.

つまみはおまかせで。

豬.媽.咪.哇.歐.媽.卡.誰.爹.

6 乾杯！

請給我＋○○。

05

ku.da.sa.i.

○○＋ください。

枯.答.沙.伊.

烏龍茶	（日式）茶	紅茶
u.u.ro.n.cha.	o.cha.	ko.o.cha.
ウーロン茶（ちゃ）	お茶（ちゃ）	紅茶（こうちゃ）
烏.～.摟.恩.洽.	歐.洽.	寇.～.洽.

奶茶 mi.ru.ku.ti.i. ミルクティー 咪.魯.枯.踢.～.	咖啡 ko.o.hi.i. コーヒー 寇.～.喝伊.～.	果汁 ju.u.su. ジュース 啾.～.酥.
柳橙汁 o.re.n.ji.ju.u.su. オレンジジュース 歐.累.恩.基.啾.～.酥.	濃縮咖啡 e.su.pu.re.sso. エスプレッソ 耶.酥.撲.累.^搜.	卡布奇諾 ka.pu.chi.i.no. カプチーノ 卡.撲.七.～.諾.
可樂 ko.o.ra. コーラ 寇.～.拉.	冰咖啡 a.i.su.ko.o.hi.i. アイスコーヒー 阿.伊.酥.寇.～.喝伊.～.	冰紅茶 a.i.su.ti.i. アイスティー 阿.伊.酥.踢.～.
可可亞 ko.ko.a. ココア 寇.寇.阿.	水 mi.zu. みず 水 咪.茲.	

例句

乾杯！

ka.n.pa.i.

かんぱい
乾杯。

卡.恩.趴.伊.

祝我們大家身體健康！

wa.ta.shi.ta.chi.no.ke.n.ko.o.o.i.no.tte.

わたし　けんこう　いの
私たちの健康を祈って。

哇.它.西.它.七.諾.克耶.恩.寇.～.歐.伊.諾.＾貼.

一口氣喝！喝！

i.kki.i.kki.

いっき　いっき
一気！一気！

伊.＾克伊.伊.＾克伊.

這清酒，味道最棒了。

ko.no.o.sa.ke.a.ji.ga.sa.i.ko.o.de.su.ne.

さけ　あじ　さいこう
このお酒、味が最高ですね。

寇.諾.歐.沙.克耶.阿.基.嘎.沙.伊.寇.～.爹.酥.內.

再來一杯如何？

mo.o.i.ppa.i.do.o.de.su.ka.

いっぱい
もう１杯どうですか。

某.～.伊.＾趴.伊.都.～.爹.酥.卡.

再給我一瓶啤酒。

bi.i.ru.o.mo.o.i.ppo.n.ku.da.sa.i.

ビールをもう1本（いっぽん）ください。

逼.～.魯.歐.某.～.伊.＾剖.恩.枯.答.沙.伊.

廁所在哪裡呢？

to.i.re.wa.do.ko.de.su.ka.

トイレはどこですか。

偷.伊.累.哇.都.寇.爹.酥.卡.

請給我＋○○。

ku.da.sa.i.

○○＋ください。

枯.答.沙.伊.

關東煮	拉麵	烤雞肉串	兩個
o.de.n.	ra.a.me.n.	ya.ki.to.ri.	fu.ta.tsu.
おでん	ラーメン	焼（や）き鳥（とり）	二（ふた）つ
歐.爹.恩.	拉.～.妹.恩.	呀.克伊.偷.里.	夫.它.豬.

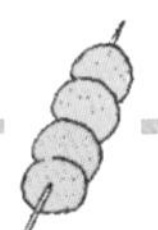

例句

歡迎光臨。

i.ra.ssha.i.ma.se.

いらっしゃいませ。

伊.拉.^蝦.伊.媽.誰.

您要點什麼呢？

na.ni.ni.shi.ma.su.ka.

なに
何にしますか。

那.尼.尼.西.媽.酥.卡.

請給我烤雞肉串一人份。

ya.ki.to.ri.i.chi.ni.n.ma.e.ku.da.sa.i.

や　とりいちにんまえ
焼き鳥1人前ください。

呀.克伊.偷.里.伊.七.尼.恩.媽.耶.枯.答.沙.伊.

有鹽味及醬料口味的。

shi.o.to.ta.re.ga.a.ri.ma.su.

しお
塩とタレがあります。

西.歐.偷.它.累.嘎.阿.里.媽.酥.

可以做成綜合的嗎？

ha.n.ha.n.ni.de.ki.ma.su.ka.

はんはん
半々にできますか。

哈.恩.哈.恩.尼.爹.克伊.媽.酥.卡.

好的，那麼，這是綜合的。

ha.i.ja.ha.n.ha.n.de.

はい、じゃ、半々（はんはん）で。

哈.伊.甲.哈.恩.哈.恩.爹.

給我一個烤地瓜。

ya.ki.i.mo.hi.to.tsu.ku.da.sa.i.

焼（や）き芋（いも）一（ひと）つください。

呀.克伊.伊.某.喝伊.偷.豬.枯.答.沙.伊.

請給我五百公克的糖炒栗子。

a.ma.gu.ri.go.hya.ku.gu.ra.mu.ku.da.sa.i.

甘栗（あまぐり）500（ごひゃく）グラムください。

阿.媽.估.里.勾.喝呀.枯.估.拉.母.枯.答.沙.伊.

合您口味嗎？

o.ku.chi.ni.a.i.ma.su.ka.

お口（くち）に合（あ）いますか。

歐.枯.七.尼.阿.伊.媽.酥.卡.

如何？好吃嗎？

do.o.o.i.shi.i.

どう？おいしい？

都.～.歐.伊.西.～.

非常好吃。

to.te.mo.o.i.shi.i.de.su.

とてもおいしいです。

偷.貼.某.歐.伊.西.～.爹.酥.

可以坐這裡嗎？

ko.ko.ni.su.wa.tte.mo.i.i.de.su.ka.

ここに座(すわ)ってもいいですか。

寇.寇.尼.酥.哇.^貼.某.伊.～.爹.酥.卡.

給我魚丸。

tsu.mi.re.o.ku.da.sa.i.

つみれをください。

豬.咪.累.歐.枯.答.沙.伊.

再給我一點湯。

su.u.pu.o.mo.o.su.ko.shi.ku.da.sa.i.

スープをもう少(すこ)しください。

酥.～.撲.歐.某.～.酥.寇.西.枯.答.沙.伊.

謝謝光臨。

a.ri.ga.to.o.go.za.i.ma.shi.ta.

ありがとうございました。

阿.里.嘎.偷.～.勾.雜.伊.媽.西.它.

8 老板算帳

麻煩（我要）＋○○。

06

o.ne.ga.i.shi.ma.su.

○○＋お願(ねが)いします。

歐.內.嘎.伊.西.媽.酥.

算帳	點餐	換錢
o.ka.n.jo.o.	chu.u.mo.n.	ryo.o.ga.e.
お勘定(かんじょう)	注文(ちゅうもん)	両替(りょうがえ)
歐.卡.恩.久.～.	七烏.～.某.恩.	溜.～.嘎.耶.
確認	開水	七點
ka.ku.ni.n.	mi.zu.	shi.chi.ji.ni.
確認(かくにん)	水(みず)	7時(しちじ)に
卡.枯.尼.恩.	咪.茲.	西.七.基.尼.

三 絕對不能放過的美食

例句

我吃得好飽。

o.na.ka.ga.i.ppa.i.de.su.

おなかがいっぱいです。

歐.那.卡.嘎.伊.ˆ趴.伊.爹.酥.

已經吃不下去了。

mo.o.ta.be.ra.re.ma.se.n.

もう食(た)べられません。

某.～.它.貝.拉.累.媽.誰.恩.

我要結帳。

o.ka.n.jo.o.o.o.ne.ga.i.shi.ma.su.

お勘定(かんじょう)をお願(ねが)いします。

歐.卡.恩.久.～.歐.歐.內.嘎.伊.西.媽.酥.

今天我請客喔！

kyo.o.wa.wa.ta.shi.ga.o.go.ri.ma.su.

今日(きょう)は私(わたし)がおごります。

卡悠.～.哇.哇.它.西.嘎.歐.勾.里.媽.酥.

多謝款待。

go.chi.so.o.sa.ma.de.shi.ta.

ごちそうさまでした。

勾.七.搜.～.沙.媽.爹.西.它.

我們各別算。

be.tsu.be.tsu.de.o.ne.ga.i.shi.ma.su.

別々(べつべつ)でお願(ねが)いします。

貝.豬.貝.豬.爹.歐.內.嘎.伊.西.媽.酥.

共35000日圓。

sa.n.ma.n.go.se.n.e.n.de.go.za.i.ma.su.

さんまん ご せんえん
3万5千円でございます。

沙.恩.媽.恩.勾.誰.恩.耶.恩.爹.勾.雜.伊.媽.酥.

你錢算錯了。

ke.e.sa.n.ga.ma.chi.ga.tte.i.ma.su.

けいさん　　ま ちが
計算が間違っています。

克耶.～.沙.恩.嘎.媽.七.嘎.ˆ貼.伊.媽.酥.

可以刷卡嗎？

ku.re.ji.tto.ka.a.do.wa.tsu.ka.e.ma.su.ka.

つか
クレジットカードは使えますか。

枯.累.基.ˆ偷.卡.～.都.哇.豬.卡.耶.媽.酥.卡.

要在哪裡簽名呢？

do.ko.ni.sa.i.n.o.su.re.ba.i.i.de.su.ka.

どこにサインをすればいいですか。

都.寇.尼.沙.伊.恩.歐.酥.累.拔.伊.～.爹.酥.卡.

請給我收據。

ryo.o.shu.u.sho.o.ku.da.sa.i.

りょうしゅうしょ
領収書をください。

溜.～.西烏.～.休.歐.枯.答.沙.伊.

1 觀光服務台

○○＋在哪裡呢？

07

wa.do.ko.de.su.ka.

○○＋はどこですか。

哇.都.寇.爹.酥.卡.

觀光服務台

ka.n.ko.o.a.n.na.i.jo.

かんこうあんないじょ
観光案内所

卡.恩.寇.～.阿.恩.那.伊.久.

入口

i.ri.gu.chi.

い　ぐち
入り口

伊.里.估.七.

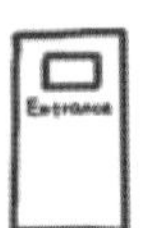

出口

de.gu.chi.

で ぐち
出口

爹.估.七.

購票處

chi.ke.tto.u.ri.ba.

う　ば
チケット売り場

七.克耶.＾偷.烏.里.拔.

例句

給我觀光指南冊子。

ka.n.ko.o.pa.n.fu.re.tto.o.ku.da.sa.i.

観光(かんこう)パンフレットをください。

卡.恩.寇.～.趴.恩.夫.累.＾偷.歐.枯.答.沙.伊.

有中文版的觀光指南冊子嗎？

chu.u.go.ku.go.no.pa.n.fu.re.tto.wa.a.ri.ma.su.ka.

中国語(ちゅうごくご)のパンフレットはありますか。

七烏.～.勾.枯.勾.諾.趴.恩.夫.累.＾偷.哇.阿.里.媽.酥.卡.

我想要報名觀光團。

tsu.a.a.ni.mo.o.shi.ko.mi.ta.i.no.de.su.ga.

ツアーに申(もう)し込(こ)みたいのですが。

豬.阿.～.尼.某.～.西.寇.咪.它.伊.諾.爹.酥.嘎.

請告訴我值得看的地方。

mi.do.ko.ro.o.o.shi.e.te.ku.da.sa.i.

見(み)どころを教(おし)えてください。

咪.都.寇.摟.歐.歐.西.耶.貼.枯.答.沙.伊.

哪裡好玩呢？

do.ko.ga.o.mo.shi.ro.i.de.su.ka.

どこがおもしろいですか。

都.寇.嘎.歐.某.西.摟.伊.爹.酥.卡.

請告訴我最有名的地方。

i.chi.ba.n.yu.u.me.e.na.to.ko.ro.o.o.shi.e.te.ku.da.sa.i.

一番有名（いちばんゆうめい）なところを教（おし）えてください。

伊.七.拔.恩.尤.～.妹.～.那.偷.寇.摟.歐.歐.西.耶.貼.枯.答.沙.伊.

我聽說有慶典。

o.ma.tsu.ri.ga.a.ru.to.ki.ki.ma.shi.ta.ga.

お祭（まつ）りがあると聞（き）きましたが。

歐.媽.豬.里.嘎.阿.魯.偷.克伊.克伊.媽.西.它.嘎.

我想遊覽古蹟。

shi.se.ki.o.ke.n.bu.tsu.shi.ta.i.de.su.

史跡（しせき）を見物（けんぶつ）したいです。

西.誰.克伊.歐.克耶.恩.布.豬.西.它.伊.爹.酥.

我在找桑拿。

sa.u.na.o.sa.ga.shi.te.i.ru.no.de.su.ga.

サウナを探（さが）しているのですが。

沙.烏.那.歐.沙.嘎.西.貼.伊.魯.諾.爹.酥.嘎.

請告訴我哪裡有當地的料理餐廳。

kyo.o.do.ryo.o.ri.no.re.su.to.ra.n.o.o.shi.e.te.ku.da.sa.i.

郷土料理（きょうどりょうり）のレストランを教（おし）えてください。

卡悠.～.都.溜.～.里.諾.累.酥.偷.拉.恩.歐.歐.西.耶.貼.枯.答.沙.伊.

費用要多少？

ryo.o.ki.n.wa.i.ku.ra.de.su.ka.

料金（りょうきん）はいくらですか。

溜.～.克伊.恩.哇.伊.枯.拉.爹.酥.卡.

麻煩大人兩個。

o.to.na.fu.ta.ri.o.ne.ga.i.shi.ma.su.

大人二人（おとなふたり）お願（ねが）いします。

歐.偷.那.夫.它.里.歐.內.嘎.伊.西.媽.酥.

2 有什麼觀光行程？

我想去＋○○。

07

ma.de.i.ki.ta.i.de.su.

○○＋まで行（い）きたいです。

媽.爹.伊.克伊.它.伊.爹.酥.

東京	北海道
to.o.kyo.o.	ho.kka.i.do.o.
東京（とうきょう）	北海道（ほっかいどう）
偷.～.卡悠.～.	后.＾卡.伊.都.～.

長野	大阪	奈良
na.ga.no. 長野（ながの） 那.嘎.諾.	o.o.sa.ka. 大阪（おおさか） 歐.～.沙.卡. 	na.ra. 奈良（なら） 那.拉. 
京都	**廣島**	**沖繩**
kyo.o.to. 京都（きょうと） 卡悠.～.偷.	hi.ro.shi.ma. 広島（ひろしま） 喝伊.摟.西.媽.	o.ki.na.wa. 沖縄（おきなわ） 歐.克伊.那.哇. 

例句

有什麼樣的觀光行程呢？

do.n.na.tsu.a.a.ga.a.ri.ma.su.ka.

どんなツアーがありますか。

都.恩.那.豬.阿.～.嘎.阿.里.媽.酥.卡.

觀光費用有含午餐嗎？

o.hi.ru.wa.ka.n.ko.o.ryo.o.ki.n.ni.fu.ku.ma.re.te.i.ma.su.ka.

お昼(ひる)は、観光料金(かんこうりょうきん)に含(ふく)まれていますか。

歐.喝伊.魯.哇.卡.恩.寇.～.溜.～.克伊.恩.尼.夫.枯.媽.累.貼.伊.媽.酥.卡.

巴士可以到嗎？

ba.su.de.i.ke.ma.su.ka.

バスで行(い)けますか。

拔.酥.爹.伊.克耶.媽.酥.卡.

觀光行程有含民俗博物館嗎？

tsu.a.a.ko.o.su.ni.mi.n.zo.ku.ha.ku.bu.tsu.ka.n.wa.fu.ku.ma.re.ma.su.ka.

ツアーコースに民俗博物館(みんぞくはくぶつかん)は含(ふく)まれますか。

豬.阿.～.寇.～.酥.尼.咪.恩.宙.枯.哈.枯.布.豬.卡.恩.哇.夫.枯.媽.累.媽.酥.卡.

有含餐點嗎？

sho.ku.ji.wa.fu.ku.ma.re.ma.su.ka.

食事(しょくじ)は含(ふく)まれますか。

休.枯.基.哇.夫.枯.媽.累.媽.酥.卡.

幾點出發？

shu.ppa.tsu.wa.na.n.ji.de.su.ka.

出発(しゅっぱつ)は何時(なんじ)ですか。

西烏.＾趴.豬.哇.那.恩.基.爹.酥.卡.

1
2
3
4
5
6
7
8
9
10

有多少自由行動時間？

ji.yu.u.ji.ka.n.wa.do.re.ku.ra.i.a.ri.ma.su.ka.

じゆうじかん
自由時間はどれくらいありますか。

基.尤.～.基.卡.恩.哇.都.累.枯.拉.伊.阿.里.媽.酥.卡.

幾點回來？

na.n.ji.ni.mo.do.ri.ma.su.ka.

なんじ もど
何時に戻りますか。

那.恩.基.尼.某.都.里.媽.酥.卡.

我想請導遊。

ga.i.do.o.o.ne.ga.i.shi.ta.i.no.de.su.ga.

ねが
ガイドをお願いしたいのですが。

嘎.伊.都.歐.歐.內.嘎.伊.西.它.伊.諾.爹.酥.嘎.

3 玩到不想回家

很＋○○的＋○○＋耶。

08

de.su.ne.

○○＋ですね。

爹.酥.內.

漂亮的畫

su.te.ki.na.e.

素敵(すてき)な絵(え)

酥.貼.克伊.那.耶.

漂亮的和服

ki.re.e.na.ki.mo.no.

きれいな着物(きもの)

克伊.累.～.那.克伊.某.諾.

優秀的作品

su.ba.ra.shi.i.sa.ku.hi.n.

すばらしい作品(さくひん)

酥.拔.拉.西.～.沙.枯.喝伊.恩.

宏偉的建築物

su.go.i.ta.te.mo.no.

すごい建物(たてもの)

酥.勾.伊.它.貼.某.諾.

出色的雕刻

ri.ppa.na.cho.o.ko.ku.

立派(りっぱ)な彫刻(ちょうこく)

里.＾趴.那.秋.～.寇.枯.

美麗的陶瓷器

u.tsu.ku.shi.i.ya.ki.mo.no.

美(うつく)しい焼(や)き物(もの)

烏.豬.枯.西.～.呀.克伊.某.諾.

例句

那是什麼建築物？

a.no.ta.te.mo.no.wa.na.n.de.su.ka.

たてもの　なん
あの建物は何ですか。

阿.諾.它.貼.某.諾.哇.那.恩.爹.酥.卡.

有多古老？

do.no.ku.ra.i.fu.ru.i.de.su.ka.

ふる
どのくらい古いですか。

都.諾.枯.拉.伊.夫.魯.伊.爹.酥.卡.

景色真美！

su.ba.ra.shi.i.ke.shi.ki.de.su.ne.

す ばら　けしき
素晴しい景色ですね。

酥.拔.拉.西.～.克耶.西.克伊.爹.酥.內.

那個服裝是新娘的日本傳統結婚禮服。

a.no.fu.ku.wa.u.chi.ka.ke.de.su.

ふく　うちか
あの服は打掛けです。

阿.諾.夫.枯.哇.烏.七.卡.克耶.爹.酥.

我也很想穿穿看。

wa.ta.shi.mo.ki.te.mi.ta.i.de.su.

わたし　き
私も着てみたいです。

哇.它.西.某.克伊.貼.咪.它.伊.爹.酥.

4 一定要拍照留念

可以＋○○＋嗎？

i.i.de.su.ka.

○○＋いいですか。

伊.～.爹.酥.卡.

抽煙

ta.ba.ko.o.su.tte.mo.

タバコを吸（す）っても

它.拔.寇.～.酥.^貼.某.

拍照

sha.shi.n.o.to.tte.mo.

写真（しゃしん）を撮（と）っても

蝦.西.恩.歐.偷.^貼.某.

拿這個

ko.re.mo.ra.tte.mo.

これ、もらっても

寇.累.某.拉.^貼.某.

坐這裡

ko.ko.ni.su.wa.tte.mo.

ここに座（すわ）っても

寇.寇.尼.酥.哇.^貼.某.

例句

這裡可以拍照嗎？

ko.ko.wa.sha.shi.n.o.to.tte.mo.i.i.de.su.ka.

しゃしん　と

ここは写真を撮ってもいいですか。

寇.寇.哇.蝦.西.恩.歐.偷.＾貼.某.伊.～.爹.酥.卡.

可否請您幫我拍照？

sha.shi.n.o.to.tte.i.ta.da.ke.ma.su.ka.

しゃしん　と

写真を撮っていただけますか。

蝦.西.恩.歐.偷.＾貼.伊.它.答.克耶.媽.酥.卡.

我們一起拍照吧。

i.ssho.ni.to.ri.ma.sho.o.

いっしょ　と

一緒に撮りましょう。

伊.＾休.尼.偷.里.媽.休.～.

按這裡就可以了。

ko.ko.o.o.su.da.ke.de.su.

お

ここを押すだけです。

寇.寇.歐.歐.酥.答.克耶.爹.酥.

麻煩再拍一張。

mo.o.i.chi.ma.i.o.ne.ga.i.shi.ma.su.

いちまい　ねが

もう１枚お願いします。

某.～.伊.七.媽.伊.歐.內.嘎.伊.西.媽.酥.

嗨！起士！

ha.i.chi.i.zu.

ハイ、チーズ。

哈.伊.七.～.茲.

請不要動喔！

u.go.ka.na.i.de.ku.da.sa.i.

動(うご)かないでください。

烏.勾.卡.那.伊.爹.枯.答.沙.伊.

好了以後再寄照片給您。

a.to.de.sha.shi.n.o.o.ku.ri.ma.su.

後(あと)で写真(しゃしん)を送(おく)ります。

阿.偷.爹.蝦.西.恩.歐.歐.枯.里.媽.酥.

5 美術館跟博物館

我想看＋○○。

ga.mi.ta.i.de.su.

○○＋が見(み)たいです。

嘎.咪.它.伊.爹.酥.

電影	演唱會	歌劇
e.e.ga.	ko.n.sa.a.to.	o.pe.ra.
映画（えいが）	コンサート	オペラ
耶.～.嘎.	寇.恩.沙.～.偷.	歐.佩.拉.

例句

我想去美術館。

bi.ju.tsu.ka.n.ni.i.ki.ta.i.de.su.

美術館（びじゅつかん）に行（い）きたいです。

逼.啾.豬.卡.恩.尼.～.克伊.它.伊.爹.酥.

入場費要多少錢？

nyu.u.jo.o.ryo.o.wa.i.ku.ra.de.su.ka.

入場料（にゅうじょうりょう）はいくらですか。

牛.～.久.～.溜.～.哇.伊.枯.拉.爹.酥.卡.

請給我這個宣傳冊子。

ko.no.pa.n.fu.re.tto.o.ku.da.sa.i.

このパンフレットをください。

寇.諾.趴.恩.夫.累.＾偷.歐.枯.答.沙.伊.

幾點開放呢？

na.n.ji.ni.ka.i.ka.n.shi.ma.su.ka.

なんじ　かいかん
何時に開館しますか。

那.恩.基.尼.卡.伊.卡.恩.西.媽.酥.卡.

開放到幾點呢？

na.n.ji.ma.de.a.i.te.i.ma.su.ka.

なんじ　あ
何時まで開いていますか。

那.恩.基.媽.爹.阿.伊.貼.伊.媽.酥.卡.

幾點關門？

na.n.ji.ni.he.e.ka.n.de.su.ka.

なんじ　へいかん
何時に閉館ですか。

那.恩.基.尼.黑.～.卡.恩.爹.酥.卡.

可以摸一下嗎？

sa.wa.tte.mo.i.i.de.su.ka.

さわ
触ってもいいですか。

沙.哇.＾貼.某.伊.～.爹.酥.卡.

有特別展嗎？

to.ku.be.tsu.te.n.wa.a.ri.ma.su.ka.

とくべつてん
特別展はありますか。

偷.枯.貝.豬.貼.恩.哇.阿.里.媽.酥.卡.

館內有導遊嗎？

ka.n.na.i.ga.i.do.wa.i.ma.su.ka.

館内（かんない）ガイドはいますか。

卡.恩.那.伊.嘎.伊.都.哇.伊.媽.酥.卡.

紀念品店在哪裡呢？

ba.i.te.n.wa.do.ko.de.su.ka.

売店（ばいてん）はどこですか。

拔.伊.貼.恩.哇.都.寇.爹.酥.卡.

請告訴我出口在哪裡呢？

de.gu.chi.wa.do.ko.ka.o.shi.e.te.ku.da.sa.i.

出口（でぐち）はどこか教（おし）えてください。

爹.估.七.哇.都.寇.卡.歐.西.耶.貼.枯.答.沙.伊.

6 看電影和舞台劇

○○＋在哪裡呢？

wa.do.ko.de.su.ka.

○○＋はどこですか。

哇.都.寇.爹.酥.卡.

這個座位	廁所	賣店	入口
ko.no.se.ki.	o.te.a.ra.i.	ba.i.te.n.	i.ri.gu.chi.
この席（せき）	お手洗い（てあら）	売店（ばいてん）	入り口（いぐち）
寇.諾.誰.克伊.	歐.貼.阿.拉.伊.	拔.伊.貼.恩.	伊.里.估.七.

例句

門票在哪裡買呢？

chi.ke.tto.wa.do.ko.de.ka.u.n.de.su.ka.

チケットはどこで買（か）うんですか。

七.克耶.^偷.哇.都.寇.爹.卡.烏.恩.爹.酥.卡.

請給我上映片單的導覽。

jo.o.e.e.a.n.na.i.o.ku.da.sa.i.

上映案内（じょうえいあんない）をください。

久.～.耶.～.阿.恩.那.伊.歐.枯.答.沙.伊.

哪齣是人氣電影？

ni.n.ki.no.e.e.ga.wa.na.n.de.su.ka.

人気（にんき）の映画（えいが）は何（なん）ですか。

尼.恩.克伊.諾.耶.～.嘎.哇.那.恩.爹.酥.卡.

現在在上演什麼？

i.ma.na.ni.o.ya.tte.i.ma.su.ka.

今(いま)何(なに)をやっていますか。

伊.媽.那.尼.歐.呀.＾貼.伊.媽.酥.卡.

下一場幾點上映？

tsu.gi.no.jo.o.e.e.wa.na.n.ji.de.su.ka.

次(つぎ)の上映(じょうえい)は何時(なんじ)ですか。

豬.哥伊.諾.久.～.耶.～.哇.那.恩.基.爹.酥.卡.

上演到什麼時候？

i.tsu.ma.de.jo.o.e.n.shi.te.i.ma.su.ka.

いつまで上演(じょうえん)していますか。

伊.豬.媽.爹.久.～.耶.恩.西.貼.伊.媽.酥.卡.

入場時間是幾點呢？

nyu.u.jo.o.ji.ka.n.wa.na.n.ji.de.su.ka.

入場(にゅうじょう)時間(じかん)は何時(なんじ)ですか。

牛.～.久.～.基.卡.恩.哇.那.恩.基.爹.酥.卡.

可以帶食物進去嗎？

ta.be.mo.no.o.mo.chi.ko.n.de.mo.i.i.de.su.ka.

食(た)べ物(もの)を持(も)ち込(こ)んでもいいですか。

它.貝.某.諾.歐.某.七.寇.恩.爹.某.伊.～.爹.酥.卡.

給我＋◯◯。

09

o.ne.ga.i.shi.ma.su.

ねが

◯◯＋お願いします。

歐.内.嘎.伊.西.媽.酥.

學生（票）二張

ga.ku.se.e.ni.ma.i.

がくせい に まい

学生2枚

嘎.枯.誰.～.尼.媽.伊.

大人（票）三張

o.to.na.sa.n.ma.i.

おとなさんまい

大人3枚

歐.偷.那.沙.恩.媽.伊.

小孩（票）兩張

ko.do.mo.ni.ma.i.

こ に まい

子ども2枚

寇.都.某.尼.媽.伊.

大人（票）四張

o.to.na.yo.n.ma.i.

おとなよんまい

大人4枚

歐.偷.那.悠.恩.媽.伊.

例句

我想看傳統舞蹈。

de.n.to.o.bu.yo.o.ga.mi.ta.i.no.de.su.ga.

でんとう ぶよう　み
伝統舞踊が見たいのですが。

爹.恩.偷.～.布.悠.～.嘎.咪.它.伊.諾.爹.酥.嘎.

請給我今天三點○○的電影票。

kyo.o.sa.n.ji.ka.ra.no.○○.no.chi.ke.tto.o.i.chi.ma.i.ku.da.sa.i.

きょうさんじ　いちまい
今日３時からの○○のチケットを１枚ください。

卡悠.～.沙.恩.基.卡.拉.諾.○○.諾.七.克耶.ˆ偷.歐.伊.七.媽.伊.枯.答.沙.伊.

給我大人兩張，小孩一張。

o.to.na.ni.ma.i.ko.do.mo.i.chi.ma.i.ku.da.sa.i.

おとな にまい　こ　いちまい
大人２枚、子ども１枚ください。

歐.偷.那.尼.媽.伊.寇.都.某.伊.七.媽.伊.枯.答.沙.伊.

給我G列。

ji.i.re.tsu.ni.shi.te.ku.da.sa.i.

ジーれつ
G列にしてください。

基.～.累.豬.尼.西.貼.枯.答.沙.伊.

我要前面中間的位置。

ma.e.no.ho.o.no.chu.u.o.o.de.o.ne.ga.i.shi.ma.su.

まえ　ほう　ちゅうおう　ねが
前の方の中央でお願いします。

媽.耶.諾.后.～.諾.七烏.～.歐.～.爹.歐.內.嘎.伊.西.媽.酥.

我要前面的座位。

ma.e.(no.se.ki.).ga.i.i.de.su.

まえ　せき
前（の席）がいいです。

媽.耶.（諾.誰.克伊.）嘎.伊.～.爹.酥.

我要一樓的座位。

i.kka.i.se.ki.ga.i.i.de.su.

いっかいせき
1階席がいいです。

伊.^卡.伊.誰.克伊.嘎.伊.～.爹.酥.

有當日券嗎？

to.o.ji.tsu.ke.n.wa.a.ri.ma.su.ka.

とうじつけん
当日券はありますか。

偷.～.基.豬.克耶.恩.哇.阿.里.媽.酥.卡.

賣完了。

u.ri.ki.re.de.su.

う　き
売り切れです。

烏.里.克伊.累.爹.酥.

學生有打折嗎？

ga.ku.se.e.wa.ri.bi.ki.wa.a.ri.ma.su.ka.

がくせいわりびき
学生割引はありますか。

嘎.枯.誰.～.哇.里.逼.克伊.哇.阿.里.媽.酥.卡.

這個座位有人坐嗎？

ko.no.se.ki.wa.da.re.ka.i.ma.su.ka.

せき　だれ
この席は誰かいますか。

寇.諾.誰.克伊.哇.答.累.卡.伊.媽.酥.卡.

我的座位在哪裡呢？

wa.ta.shi.no.se.ki.wa.do.ko.de.su.ka.

わたし　せき
私の席はどこですか。

哇.它.西.諾.誰.克伊.哇.都.寇.爹.酥.卡.

休息時間是幾點開始呢？

kyu.u.ke.e.ji.ka.n.wa.na.n.ji.ka.ra.de.su.ka.

きゅうけい じ かん　なん じ
休 憩時間は何時からですか。

卡烏.～.克耶.～.基.卡.恩.哇.那.恩.基.卡.拉.爹.酥.卡.

休息時間有幾分呢？

kyu.u.ke.e.ji.ka.n.wa.na.n.pu.n.a.ri.ma.su.ka.

きゅうけい じ かん　なんぷん
休 憩時間は何分ありますか。

卡烏.～.克耶.～.基.卡.恩.哇.那.恩.撲.恩.阿.里.媽.酥.卡.

1 展開追求

真是＋〇〇。

10

de.su.

〇〇＋です。

爹.酥.

討人喜歡啊！	帥氣啊！	溫柔啊！	偉大啊！
ka.wa.i.i.	ka.kko.i.i.	ya.sa.shi.i.	e.ra.i.
かわいい	かっこいい	優(やさ)しい	偉(えら)い
卡.哇.伊.～.	卡.^寇.伊.～.	呀.沙.西.～.	耶.拉.伊.

例句

你有男（女）朋友嗎？

ko.i.bi.to.wa.i.ma.su.ka.

恋人(こいびと)はいますか。

寇.伊.逼.偷.哇.伊.媽.酥.卡.

那個人挺不錯的哦！

so.no.hi.to.na.ka.na.ka.de.su.yo.

その人、なかなかですよ。

搜.諾.喝伊.偷.那.卡.那.卡.爹.酥.悠.

笑容很棒。

e.ga.o.ga.su.te.ki.de.su.

え がお　す てき
笑顔が素敵です。

耶.嘎.歐.嘎.酥.貼.克伊.爹.酥.

長得跟〇〇很像哦！

〇〇.ni.ni.te.i.ma.su.ne.

に
〇〇に似ていますね。

〇〇.尼.尼.貼.伊.媽.酥.內.

幾歲呢？

o.i.ku.tsu.de.su.ka.

おいくつですか。

歐.伊.枯.豬.爹.酥.卡.

喜歡喝酒嗎？

o.sa.ke.wa.su.ki.de.su.ka.

さけ　す
お酒は好きですか。

歐.沙.克耶.哇.酥.克伊.爹.酥.卡.

假日都做些什麼呢？

kyu.u.ji.tsu.wa.na.ni.o.shi.te.i.ma.su.ka.

きゅうじつ　なに
休日は何をしていますか。

卡烏.～.基.豬.哇.那.尼.歐.西.貼.伊.媽.酥.卡.

喜歡哪一類型的人呢？

do.o.i.u.ta.i.pu.ga.su.ki.de.su.ka.

す

どういうタイプが好きですか。

都.～.伊.烏.它.伊.撲.嘎.酥.克伊.爹.酥.卡.

請告訴我電話號碼。

de.n.wa.ba.n.go.o.o.o.shi.e.te.ku.da.sa.i.

でんわ ばんごう おし

電話番号を教えてください。

爹.恩.哇.拔.恩.勾.～.歐.歐.西.耶.貼.枯.答.沙.伊.

請告訴我你的電子信箱。

me.e.ru.a.do.re.su.o.o.shi.e.te.ku.da.sa.i.

おし

メールアドレスを教えてください。

妹.～.魯.阿.都.累.酥.歐.歐.西.耶.貼.枯.答.沙.伊.

我送你回家吧？

i.e.ma.de.o.ku.ri.ma.sho.o.ka.

いえ おく

家まで送りましょうか。

伊.耶.媽.爹.歐.枯.里.媽.休.～.卡.

我到你家去接你吧！

i.e.ma.de.mu.ka.e.ni.i.ki.ma.sho.o.ka.

いえ むか い

家まで迎えに行きましょうか。

伊.耶.媽.爹.母.卡.耶.尼.伊.克伊.媽.休.～.卡.

2 我要告白

可以＋○○＋嗎？

10

i.i.de.su.ka.

○○＋いいですか。

伊.～.爹.酥.卡.

牽你的手	親你	勾你的肩
te.o.tsu.na.i.de.mo.	ki.su.shi.te.mo.	ka.ta.o.da.i.te.mo.
手(て)をつないでも	キスしても	肩(かた)を抱(だ)いても
貼.歐.豬.那.伊.爹.某.	克伊.酥.西.貼.某.	卡.它.歐.答.伊.貼.某.

挽你的胳膊	去	打電話
u.de.o.ku.n.de.mo.	i.tte.mo.	de.n.wa.shi.te.mo.
腕(うで)を組(く)んでも	行(い)っても	電話(でんわ)しても
烏.爹.歐.枯.恩.爹.某.	伊.＾貼.某.	爹.恩.哇.西.貼.某.

例句

我喜歡你。

su.ki.de.su.

好(す)きです。

酥.克伊.爹.酥.

我愛你。

a.i.shi.te.i.ma.su.

愛(あい)しています。

阿.伊.西.貼.伊.媽.酥.

我愛上你了。

a.na.ta.ga.su.ki.ni.na.ri.ma.shi.ta.

あなたが好(す)きになりました。

阿.那.它.嘎.酥.克伊.尼.那.里.媽.西.它.

我非常非常喜歡你。

to.te.mo.to.te.mo.su.ki.de.su.

とてもとても好(す)きです。

偷.貼.某.偷.貼.某.酥.克伊.爹.酥.

我墜入愛河了。

ko.i.ni.o.chi.ma.shi.ta.

恋(こい)に落(お)ちました。

寇.伊.尼.歐.七.媽.西.它.

我每天都想見你。

ma.i.ni.chi.a.i.ta.i.de.su.

まいにち あ
毎日会いたいです。

媽.伊.尼.七.阿.伊.它.伊.爹.酥.

我喜歡你。請跟我交往。

su.ki.de.su.tsu.ki.a.tte.ku.da.sa.i.

す つ あ
好きです。付き合ってください。

酥.克伊.爹.酥。豬.克伊.阿.^貼.枯.答.沙.伊.

我想當你的女朋友。

a.na.ta.no.ka.no.jo.ni.na.ri.ta.i.de.su.

かのじょ
あなたの彼女になりたいです。

阿.那.它.諾.卡.諾.久.尼.那.里.它.伊.爹.酥.

我只愛你一個人。

wa.ta.shi.ga.a.i.shi.te.i.ru.no.wa.a.na.ta.da.ke.de.su.

わたし あい
私が愛しているのはあなただけです。

哇.它.西.嘎.阿.伊.西.貼.伊.魯.諾.哇.阿.那.它.答.克耶.爹.酥.

我眼裡只有你。

wa.ta.shi.ni.wa.a.na.ta.shi.ka.mi.e.ma.se.n.

わたし み
私にはあなたしか見えません。

哇.它.西.尼.哇.阿.那.它.西.卡.咪.耶.媽.誰.恩.

只要你在我身邊就好。

a.na.ta.sa.e.i.te.ku.re.re.ba.so.re.de.i.i.de.su.

あなたさえいてくれれば、それでいいです。

阿.那.它.沙.耶.伊.貼.枯.累.累.拔.搜.累.爹.伊.～.爹.酥.

3 正式交往

我想＋○○。

11

ta.i.de.su.

○○＋たいです。

它.伊.爹.酥.

見面	去	吃
a.i. 会(あ)い 阿.伊.	i.ki. 行(い)き 伊.克伊.	ta.be. 食(た)べ 它.貝.
買 ka.i. 買(か)い 卡.伊.	玩 a.so.bi. 遊(あそ)び 阿.搜.逼.	休息 ya.su.mi. 休(やす)み 呀.酥.咪.

例句

週末有什麼計劃呢？

shu.u.ma.tsu.wa.na.ni.ka.yo.te.e.ga.a.ri.ma.su.ka.

週末(しゅうまつ)は何(なに)か予定(よてい)がありますか。

西烏.～.媽.豬.哇.那.尼.卡.悠.貼.～.嘎.阿.里.媽.酥.卡.

要不要去看電影呢？

e.e.ga.o.mi.ni.i.ki.ma.se.n.ka.

映画(えいが)を見(み)に行(い)きませんか。

耶.～.嘎.歐.咪.尼.～.克伊.媽.誰.恩.卡.

我想看○○（片名）。

○○.ga.mi.ta.i.de.su.

○○が見(み)たいです。

○○.嘎.咪.它.伊.爹.酥.

你喜歡看什麼樣的電影？

do.n.na.e.e.ga.ga.su.ki.de.su.ka.

どんな映画(えいが)が好(す)きですか。

都.恩.那.耶.～.嘎.嘎.酥.克伊.爹.酥.卡.

○○點在○○碰面吧！

○○.ji.ni.○○.de.a.i.ma.sho.o.

○○時(じ)に○○で会(あ)いましょう。

○○.基.尼.○○.爹.阿.伊.媽.休.～.

一起拍照吧！

i.ssho.ni.sha.shi.n.o.to.ri.ma.sho.o.

一緒（いっしょ）に写真（しゃしん）を撮（と）りましょう。

伊.^休.尼.蝦.西.恩.歐.偷.里.媽.休.～.

喝一杯如何呢？

o.sa.ke.de.mo.i.ppa.i.do.o.de.su.ka.

お酒（さけ）でも１杯（いっぱい）どうですか。

歐.沙.克耶.爹.某.伊.^趴.伊.都.～.爹.酥.卡.

註：此處的「でも」是為了表示酒之外的飲品也可以。

今天真開心。

kyo.o.wa.ta.no.shi.ka.tta.de.su.

今日（きょう）は楽（たの）しかったです。

卡悠.～.哇.它.諾.西.卡.^它.爹.酥.

下次我們去〇〇吧！

tsu.gi.wa.〇〇.e.i.ki.ma.sho.o.

次（つぎ）は〇〇へ行（い）きましょう。

豬.哥伊.哇.〇〇.耶.伊.克伊.媽.休.～.

很期待哦！

ta.no.shi.mi.ni.shi.te.i.ma.su.

楽（たの）しみにしています。

它.諾.西.咪.尼.西.貼.伊.媽.酥.

請擁抱我。

da.ki.shi.me.te.ku.da.sa.i.

抱(だ)きしめてください。

答.克伊.西.妹.貼.枯.答.沙.伊.

請多愛我一點。

mo.tto.a.i.shi.te.ku.da.sa.i.

もっと愛(あい)してください。

某.＾偷.阿.伊.西.貼.枯.答.沙.伊.

請吻我。

ki.su.shi.te.

キスして。

克伊.酥.西.貼.

我真幸福。

ho.n.to.o.ni.shi.a.wa.se.

本当(ほんとう)に幸(しあわ)せ。

后.恩.偷.～.尼.西.阿.哇.誰.

請跟我結婚。

ke.kko.n.shi.te.ku.da.sa.i.

結婚(けっこん)してください。

克耶.＾寇.恩.西.貼.枯.答.沙.伊.

4 我們分手吧

請不要＋○○。

na.i.de.ku.da.sa.i.

○○＋ないでください。

那.伊.爹.枯.答.沙.伊.

（再跟我）聯絡	走	哭
mo.o.re.n.ra.ku.shi.te.ko.	i.ka.	na.ka.
もう連絡(れんらく)して来(こ)	行(い)か	泣(な)か
某.～.累.恩.拉.枯.西.貼.寇.	伊.卡.	那.卡.

離開我	拋棄我
wa.ta.shi.o.o.i.te.i.ka.	wa.ta.shi.o.su.te.
私(わたし)を置(お)いて行(い)か	私(わたし)を捨(す)て
哇.它.西.歐.歐.伊.貼.伊.卡.	哇.它.西.歐.酥.貼.

例句

我已經另有喜歡的人了。

ho.ka.ni.su.ki.na.hi.to.ga.de.ki.ma.shi.ta.

他(ほか)に好(す)きな人(ひと)ができました。

后.卡.尼.酥.克伊.那.喝伊.偷.嘎.爹.克伊.媽.西.它.

我已經不喜歡你了。

mo.o.su.ki.ja.na.i.n.de.su.

もう好(す)きじゃないんです。

某.～.酥.克伊.甲.那.伊.恩.爹.酥.

我討厭你。

a.na.ta.no.ko.to.ki.ra.i.de.su.

あなたのこと嫌(きら)いです。

阿.那.它.諾.寇.偷.克伊.拉.伊.爹.酥.

我考慮看看。

cho.tto.ka.n.ga.e.te.mi.ma.su.

ちょっと考(かんが)えてみます。

秋.ˆ偷.卡.恩.嘎.耶.貼.咪.媽.酥.

只想跟你當朋友。

to.mo.da.chi.de.i.ta.i.de.su.

友達(ともだち)でいたいです。

偷.某.答.七.爹.伊.它.伊.爹.酥.

只想把你當作好哥哥。

i.i.o.ni.i.sa.n.da.to.o.mo.tte.i.ma.shi.ta.

いいお兄（にい）さんだと思（おも）っていました。

伊.～.歐.尼.～.沙.恩.答.偷.歐.某.^貼.伊.媽.西.它.

我們好像沒有這個緣分。

e.n.ga.na.ka.tta.mi.ta.i.de.su.

縁（えん）がなかったみたいです。

耶.恩.嘎.那.卡.^它.咪.它.伊.爹.酥.

我們分手吧！

wa.ka.re.ma.sho.o.

別（わか）れましょう。

哇.卡.累.媽.休.～.

我們倆就此結束吧！

mo.o.o.wa.ri.ni.shi.ma.sho.o.

もう終（お）わりにしましょう。

某.～.歐.哇.里.尼.西.媽.休.～.

沒有你我該怎麼辦？

a.na.ta.na.shi.de.wa.ta.shi.wa.do.o.su.re.ba.i.i.no.de.su.ka.

あなたなしで、私（わたし）はどうすればいいのですか。

阿.那.它.那.西.爹.哇.它.西.哇.都.～.酥.累.拔.伊.～.諾.爹.酥.卡.

你要負責。

se.ki.ni.n.to.tte.

責任(せきにん)とって。

誰.克伊.尼.恩.偷.ˆ貼.

把我的人生還給我。

wa.ta.shi.no.ji.n.se.e.ka.e.shi.te.

私(わたし)の人生(じんせい)返(かえ)して。

哇.它.西.諾.基.恩.誰.～.卡.耶.西.貼.

我被甩了。

fu.ra.re.ma.shi.ta.

振(ふ)られました。

夫.拉.累.媽.西.它.

5 交交朋友

（我）喜歡＋○○。

12

ga.su.ki.de.su.

○○＋が好(す)きです。

嘎.酥.克伊.爹.酥.

半澤直樹 ha.n.za.wa.na.o.ki. はんざわなおき **半沢直樹** 哈.恩.雜.哇.那.歐.克伊. 	AKB48 e.e.ke.e.bi.i.fo.o.ti.i.e.e.to. エーケービー フォーティー エイト **AKB 4 8** 耶.～.克耶.～.逼.～.佛.～.踢.～.耶.～.偷. 
福山雅治 fu.ku.ya.ma.ma.sa.ha.ru. ふくやままさはる **福山雅治** 夫.枯.呀.媽.媽.沙.哈.魯.	初音未來 ha.tsu.ne.mi.ku. はつね **初音ミク** 哈.豬.內.咪.枯.
日本料理 wa.sho.ku. わしょく **和食** 哇.休.枯. 	日本流行音樂 je.e.po.ppu. ジェー ポップ **J－POP** 接.～.剖.＾撲. 

例句

我喜歡看『半澤直樹』。

wa.ta.shi.wa.ha.n.za.wa.na.o.ki.ga.su.ki.de.su.

わたし　はんざわなおき　す

私は『半沢直樹』が好きです。

哇.它.西.哇.哈.恩.雜.哇.那.歐.克伊.嘎.酥.克伊.爹.酥.

我是福山雅治的粉絲。

wa.ta.shi.wa.fu.ku.ya.ma.ma.sa.ha.ru.no.fa.n.de.su.

わたし　ふくやままさはる

私は福山雅治のファンです。

哇.它.西.哇.夫.枯.呀.媽.媽.沙.哈.魯.諾.發.恩.爹.酥.

我喜歡日本料理。

wa.ta.shi.wa.wa.sho.ku.ga.su.ki.de.su.

わたし　わしょく　す

私は和食が好きです。

哇.它.西.哇.哇.休.枯.嘎.酥.克伊.爹.酥.

覺得日本如何？

ni.ho.n.wa.do.o.de.su.ka.

にほん

日本はどうですか。

尼.后.恩.哇.都.～.爹.酥.卡.

在日本很快樂。

ni.ho.n.wa.ta.no.shi.i.de.su.

にほん　たの

日本は楽しいです。

尼.后.恩.哇.它.諾.西.～.爹.酥.

日本人很親切。

ni.ho.n.ji.n.wa.ya.sa.shi.i.de.su.

にほんじん　やさ
日本人は優しいです。

尼.后.恩.基.恩.哇.呀.沙.西.～.爹.酥.

日本很好。

ni.ho.n.wa.to.te.mo.yo.i.de.su.

にほん　　　　よ
日本はとても良いです。

尼.后.恩.哇.偷.貼.某.悠.伊.爹.酥.

日本最棒了。

ni.ho.n.wa.sa.i.ko.o.de.su.

にほん　さいこう
日本は最高です。

尼.后.恩.哇.沙.伊.寇.～.爹.酥.

6 要多聯絡哦

請告訴我＋○○。

12

o.o.shi.e.te.ku.da.sa.i.

　　　おし
○○＋を教えてください。

歐.歐.西.耶.貼.枯.答.沙.伊.

電話號碼 de.n.wa.ba.n.go.o. でんわばんごう **電話番号** 爹.恩.哇.拔.恩.勾.～.	住址 ju.u.sho. じゅうしょ **住所** 啾.～.休.
姓名 na.ma.e. なまえ **名前** 那.媽.耶.	生日 ta.n.jo.o.bi. たんじょうび **誕生日** 它.恩.久.～.逼.
年齡 to.shi. とし **年** 偷.西.	房間號碼 he.ya.ba.n.go.o. へやばんごう **部屋番号** 黑.呀.拔.恩.勾.～.

例句

請告訴我你的電子信箱。

me.e.ru.a.do.re.su.o.o.shi.e.te.ku.da.sa.i.

おし

メールアドレスを教えてください。

妹.～.魯.阿.都.累.酥.歐.歐.西.耶.貼.枯.答.沙.伊.

我會傳電子郵件給你。

me.e.ru.o.o.ku.ri.ma.su.

メールを送(おく)ります。

妹.～.魯.歐.歐.枯.里.媽.酥.

請傳電子郵件給我。

me.e.ru.ku.da.sa.i.

メールください。

妹.～.魯.枯.答.沙.伊.

我會寫信給你的！

te.ga.mi.ka.ki.ma.su.ne.

手紙(てがみ)書(か)きますね。

貼.嘎.咪.卡.克伊.媽.酥.內.

請務必到台灣來。

ki.tto.ta.i.wa.n.ni.ki.te.ku.da.sa.i.

きっと台湾(たいわん)に来(き)てください。

克伊.ˆ偷.它.伊.哇.恩.尼.克伊.貼.枯.答.沙.伊.

我們在台灣見面吧。

ta.i.wa.n.de.a.i.ma.sho.o.

台湾(たいわん)で会(あ)いましょう。

它.伊.哇.恩.爹.阿.伊.媽.休.～.

我會再來。

ma.ta.ki.ma.su.

また来(き)ます。

媽.它.克伊.媽.酥.

再會啦！

ma.ta.a.i.ma.sho.o.

また会(あ)いましょう。

媽.它.阿.伊.媽.休.～.

○○＋很＋○○。

13

de.su.
○○＋です。
爹.酥.

演技（很）出色
e.n.gi.ga.jo.o.zu.
演技が上手（えんぎがじょうず）
耶.恩.哥伊.嘎.久.～.茲.

笑容（很）迷人
e.ga.o.ga.su.te.ki.
笑顔が素敵（えがおがすてき）
耶.嘎.歐.嘎.酥.貼.克伊.

跳舞（很）酷
da.n.su.ga.ka.kko.i.i.
ダンスがかっこいい
答.恩.酥.嘎.卡.^寇.伊.～.

皮膚（很）漂亮
ha.da.ga.ki.re.e.
肌がきれい（はだ）
哈.答.嘎.克伊.累.～.

例句

辛苦了。

o.tsu.ka.re.sa.ma.

お疲(つか)れさま。

歐.豬.卡.累.沙.媽.

我是你的粉絲。

fa.n.de.su.

ファンです。

發.恩.爹.酥.

好想見你。

a.i.ta.ka.tta.de.su.

会(あ)いたかったです。

阿.伊.它.卡.^它.爹.酥.

我想念你。

ko.i.shi.ka.tta.de.su.

恋(こい)しかったです。

寇.伊.西.卡.^它.爹.酥.

我愛你。

a.i.shi.te.i.ma.su.

愛(あい)しています。

阿.伊.西.貼.伊.媽.酥.

我超喜歡你的。

da.i.su.ki.de.su.

大好(だいす)きです。

答.伊.酥.克伊.爹.酥.

本人比較漂亮喔！

ji.tsu.bu.tsu.no.ho.o.ga.su.te.ki.de.su.ne.

実物(じつぶつ)の方(ほう)が素敵(すてき)ですね。

基.豬.布.豬.諾.后.～.嘎.酥.貼.克伊.爹.酥.內.

我一直都有在看你喔！

i.tsu.mo.mi.te.i.ma.su.

いつも見(み)ています。

伊.豬.某.咪.貼.伊.媽.酥.

我很喜歡你的歌。

a.na.ta.no.u.ta.ga.to.te.mo.su.ki.de.su.

あなたの歌(うた)がとても好(す)きです。

阿.那.它.諾.烏.它.嘎.偷.貼.某.酥.克伊.爹.酥.

打起精神來哦！

ge.n.ki.o.da.shi.te.ku.da.sa.i.

元気(げんき)を出(だ)してください。

給.恩.克伊.歐.答.西.貼.枯.答.沙.伊.

2 瘋狂呼喊

13

哇！

kya.a.

キャー！

克呀.～.

好可愛！

ka.wa.i.i.

かわいい！

卡.哇.伊.～.

好酷哦！

ka.kko.i.i.

カッコいい！

卡.^寇.伊.～.

太漂亮啦！

ki.re.e.

きれい！

克伊.累.～.

好棒喔！

i.i.ne.

いいね！

伊.～.內.

我愛你！

a.i.shi.te.ru.

あい
愛してる！

阿.伊.西.貼.魯.

超喜歡你！

da.i.su.ki.

だい す
大好き！

答.伊.酥.克伊.

到這邊！

ko.cchi.ni.ki.te.

き
こっちに来て！

寇.^七.尼.克伊.貼.

再多說一點話！

mo.tto.ha.na.shi.te.

はな
もっと話して！

某.^偷.哈.那.西.貼.

別走！

i.ka.na.i.de.

い
行かないで！

伊.卡.那.伊.爹.

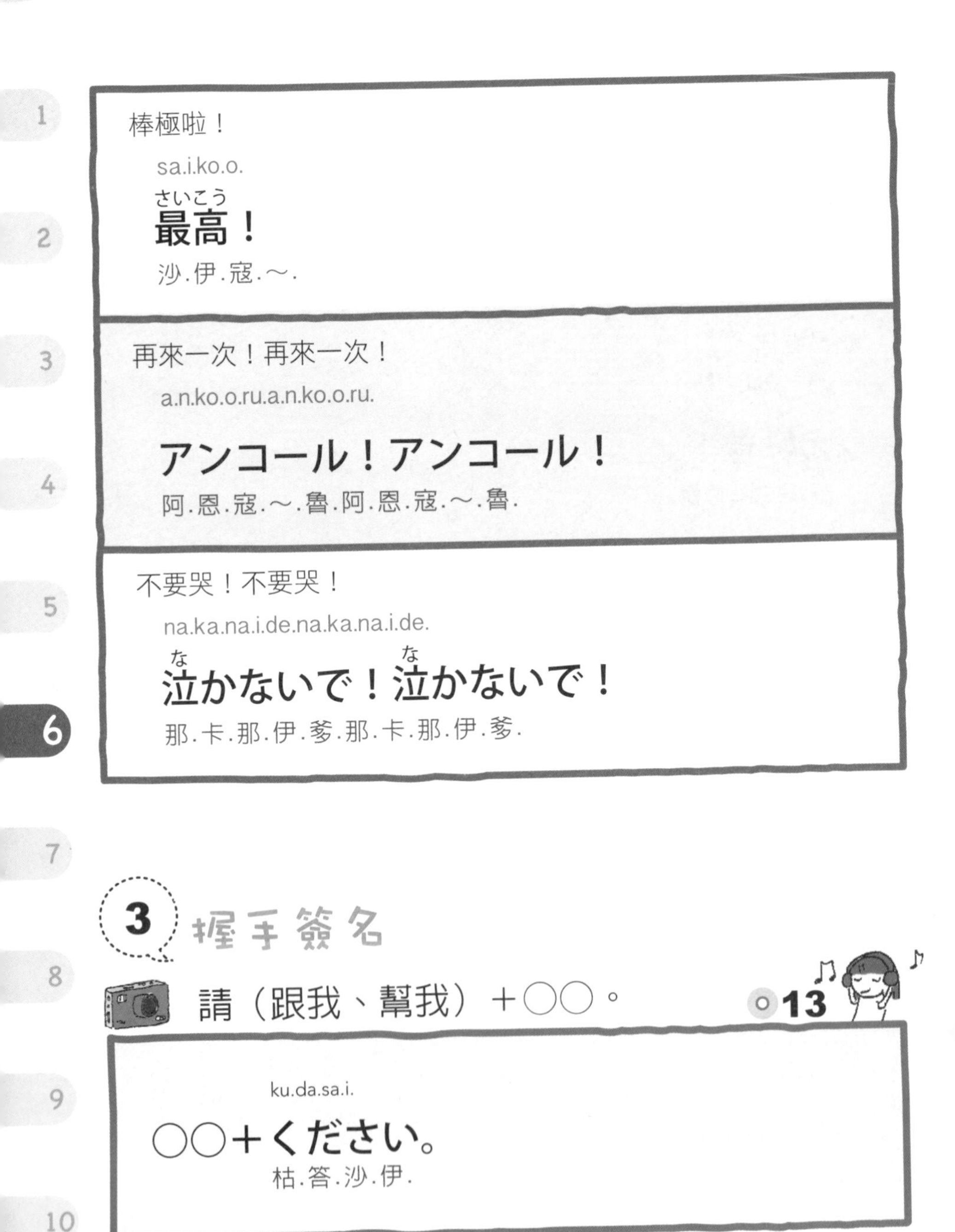

棒極啦！

sa.i.ko.o.

最高（さいこう）！

沙.伊.寇.～.

再來一次！再來一次！

a.n.ko.o.ru.a.n.ko.o.ru.

アンコール！アンコール！

阿.恩.寇.～.魯.阿.恩.寇.～.魯.

不要哭！不要哭！

na.ka.na.i.de.na.ka.na.i.de.

泣（な）かないで！泣（な）かないで！

那.卡.那.伊.爹.那.卡.那.伊.爹.

3 握手簽名

請（跟我、幫我）＋○○。 13

ku.da.sa.i.

○○＋ください。

枯.答.沙.伊.

握手

a.ku.shu.shi.te.

あくしゅ
握手して

阿.枯.西烏.西.貼.

簽名

sa.i.n.shi.te.

サインして

沙.伊.恩.西.貼.

也寫上名字

wa.ta.shi.no.na.ma.e.mo.ka.i.te.

わたし　なまえ　か
私の名前も書いて

哇.它.西.諾.那.媽.耶.某.卡.伊.貼.

寫一句話

hi.to.ko.to.ka.i.te.

ひとこと　か
一言書いて

喝伊.偷.寇.偷.卡.伊.貼.

聯絡

re.n.ra.ku.shi.te.

れんらく
聯絡して

累.恩.拉.枯.西.貼.

例句

我想跟你一起拍照。

i.ssho.ni.sha.shi.n.o.to.ri.ta.i.de.su.

いっしょ　しゃしん　と
一緒に写真を撮りたいです。

伊.^休.尼.蝦.西.恩.歐.偷.里.它.伊.爹.酥.

請收下這個。

ko.re.u.ke.to.tte.ku.da.sa.i.

う　と
これ、受け取ってください。

寇.累.烏.克耶.偷.^貼.枯.答.沙.伊.

這是禮物。

pu.re.ze.n.to.de.su.

プレゼントです。

撲.累.瑞賊.恩.偷.爹.酥.

請保重身體。

ka.ra.da.ni.ki.o.tsu.ke.te.ku.da.sa.i.

からだ　き
体に気をつけてください。

卡.拉.答.尼.克伊.歐.豬.克耶.貼.枯.答.沙.伊.

請多保重。

o.ge.n.ki.de.

げん き
お元気で。

歐.給.恩.克伊.爹.

身體永遠健康。

i.tsu.ma.de.mo.ge.n.ki.de.i.te.ku.da.sa.i.

いつまでも元気（げんき）でいてください。

伊.豬.媽.爹.某.給.恩.克伊.爹.伊.貼.枯.答.沙.伊.

別太勉強自己哦。

mu.ri.wa.shi.na.i.de.ku.da.sa.i.

無理（むり）はしないでください。

母.里.哇.西.那.伊.爹.枯.答.沙.伊.

再接再厲，加油哦！

ko.re.ka.ra.mo.ga.n.ba.tte.ku.da.sa.i.

これからも頑張（がんば）ってください。

寇.累.卡.拉.某.嘎.恩.拔.^貼.枯.答.沙.伊.

i.ku.ra.de.su.ka.

○○＋いくらですか。

伊.枯.拉.爹.酥.卡.

每一個人

hi.to.ri.a.ta.ri.

一人当たり（ひとりあたり）

喝伊.偷.里.阿.它.里.

兩人

fu.ta.ri.de.

二人で（ふたりで）

夫.它.里.爹.

每一個小時

i.chi.ji.ka.n.a.ta.ri.

1時間当たり（いちじかんあたり）

伊.七.基.卡.恩.阿.它.里.

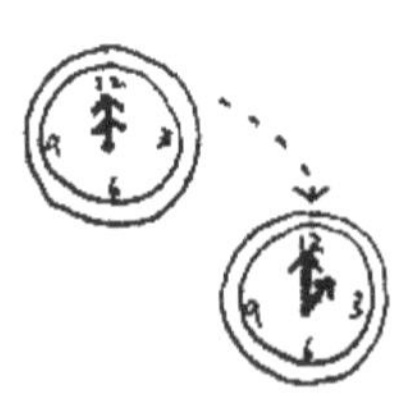

全部加起來

ze.n.bu.a.wa.se.te.

全部合わせて（ぜんぶあわせて）

瑞賊.恩.布.阿.哇.誰.貼.

一半的話

ha.n.bu.n.na.ra.

半分なら（はんぶんなら）

哈.恩.布.恩.那.拉.

例句

我們來去唱卡拉OK吧！

ka.ra.o.ke.ni.i.ki.ma.sho.o.

カラオケに行(い)きましょう。

卡.拉.歐.克耶.尼.伊.克伊.媽.休.～.

基本費要多少？

ki.ho.n.ryo.o.ki.n.wa.i.ku.ra.de.su.ka.

基本料金(きほんりょうきん)はいくらですか。

克伊.后.恩.溜.～.克伊.恩.哇.伊.枯.拉.爹.酥.卡.

要怎麼使用遙控器？

ri.mo.ko.n.wa.do.o.ya.tte.tsu.ka.e.ba.i.i.no.de.su.ka.

リモコンはどうやって使(つか)えばいいのですか。

里.某.寇.恩.哇.都.～.呀.^貼.豬.卡.耶.拔.伊.～.諾.爹.酥.卡.

有中文歌嗎？

chu.u.go.ku.go.no.u.ta.mo.a.ri.ma.su.ka.

中国語(ちゅうごくご)の歌(うた)もありますか。

七烏.～.勾.枯.勾.諾.烏.它.某.阿.里.媽.酥.卡.

我要點飲料。

do.ri.n.ku.no.chu.u.mo.n.o.o.ne.ga.i.shi.ma.su.

ドリンクの注文(ちゅうもん)をお願(ねが)いします。

都.里.恩.枯.諾.七烏.～.某.恩.歐.歐.內.嘎.伊.西.媽.酥.

接下來誰唱？

tsu.gi.wa.da.re.de.su.ka.

つぎ　だれ
次は誰ですか。

豬.哥伊.哇.答.累.爹.酥.卡.

唱得真好。

jo.o.zu.de.su.ne.

じょう ず
上手ですね。

久.～.茲.爹.酥.內.

一起唱吧！

i.ssho.ni.u.ta.i.ma.sho.o.

いっしょ　うた
一緒に歌いましょう。

伊.＾休.尼.烏.它.伊.媽.休.～.

可以延長嗎？

e.n.cho.o.de.ki.ma.su.ka.

えんちょう
延長できますか。

耶.恩.秋.～.爹.克伊.媽.酥.卡.

1 按摩護膚

麻煩（我要）+○○。

o.ne.ga.i.shi.ma.su.

○○+をお願（ねが）いします。

歐.內.嘎.伊.西.媽.酥.

基本護膚	拔罐
ki.ho.n.su.ki.n.ke.a.	ka.ppi.n.gu.
基本（きほん）スキンケア	カッピング
克伊.后.恩.酥.克伊.恩.克耶.阿.	卡.＾披.恩.估.
海藻敷臉	去（腋、腿）毛
ka.i.so.o.pa.kku.	da.tsu.mo.o.
海藻（かいそう）パック	脱毛（だつもう）
卡.伊.搜.～.趴.＾枯.	答.豬.某.～.
全身按摩	臉部按摩
ze.n.shi.n.ma.ssa.a.ji.	ka.o.ma.ssa.a.ji.
全身（ぜんしん）マッサージ	顔（かお）マッサージ
瑞賊.恩.西.恩.媽.＾沙.～.基.	卡.歐.媽.＾沙.～.基.
腳底按摩	
a.shi.u.ra.ma.ssa.a.ji.	
足裏（あしうら）マッサージ	
阿.西.烏.拉.媽.＾沙.～.基.	

例句

給我看一下價目表。

ne.da.n.hyo.o.o.mi.se.te.ku.da.sa.i.

値段表(ねだんひょう)を見(み)せてください。

內.答.恩.喝悠.～.歐.咪.誰.貼.枯.答.沙.伊.

麻煩我要做預約的基本護膚。

yo.ya.ku.shi.ta.ki.ho.n.su.ki.n.ke.a.o.o.ne.ga.i.shi.ma.su.

予約(よやく)した基本(きほん)スキンケアをお願(ねが)いします。

悠.呀.枯.西.它.克伊.后.恩.酥.克伊.恩.克耶.阿.歐.歐.內.嘎.伊.西.媽.酥.

我沒有預約，可以嗎？

yo.ya.ku.shi.te.na.i.n.de.su.ga.da.i.jo.o.bu.de.su.ka.

予約(よやく)してないんですが、大丈夫(だいじょうぶ)ですか。

悠.呀.枯.西.貼.那.伊.恩.爹.酥.嘎.答.伊.久.～.布.爹.酥.卡.

要等很久嗎？

ke.kko.o.ma.chi.ma.su.ka.

結構(けっこう)待(ま)ちますか。

克耶.＾寇.～.媽.七.媽.酥.卡.

30分鐘的話我等。

sa.n.ju.ppu.n.na.ra.ma.chi.ma.su.

３０分(さんじゅっぷん)なら待(ま)ちます。

沙.恩.啾.＾撲.恩.那.拉.媽.七.媽.酥.

全身按摩要多少錢？

ze.n.shi.n.ma.ssa.a.ji.wa.i.ku.ra.de.su.ka.

全身（ぜんしん）マッサージはいくらですか。

瑞賊.恩.西.恩.媽.＾沙.～.基.哇.伊.枯.拉.爹.酥.卡.

置物櫃在哪裡？

ro.kka.a.wa.do.ko.de.su.ka.

ロッカーはどこですか。

摟.＾卡.～.哇.都.寇.爹.酥.卡.

2 皮膚比較敏感

有＋○○。

14

ga.a.ri.ma.su.

○○＋があります。

嘎.阿.里.媽.酥.

過敏	腰痛
a.re.ru.gi.i.	yo.o.tsu.u.
アレルギー	腰痛（ようつう）
阿.累.魯.哥伊.～.	悠.～.豬.烏.

肩膀酸痛	老毛病、長期的病狀
ka.ta.ko.ri.	ji.byo.o.
肩こり (かた)	持病 (じびょう)
卡.它.寇.里.	基.比悠.～.

例句

我皮膚比較敏感。

bi.n.ka.n.ha.da.na.n.de.su.

敏感肌なんです。（びんかんはだ）

逼.恩.卡.恩.哈.答.那.恩.爹.酥.

好像腫起來了。

ha.re.te.ki.ta.mi.ta.i.de.su.

腫れてきたみたいです。（は）

哈.累.貼.克伊.它.咪.它.伊.爹.酥.

紅腫起來了。

a.ka.ku.na.ri.ma.shi.ta.

赤くなりました。（あか）

阿.卡.枯.那.里.媽.西.它.

皮膚會刺痛。

ha.da.ga.pi.ri.pi.ri.shi.ma.su.

はだ
肌がぴりぴりします。

哈.答.嘎.披.里.披.里.西.媽.酥.

沒問題。

da.i.jo.o.bu.de.su.

だいじょうぶ
大丈夫です。

答.伊.久.~.布.爹.酥.

3 太舒服啦

太+○○+啦。

14

su.gi.ma.su.

○○+すぎます。

酥.哥伊.媽.酥.

燙

a.tsu.

あつ
熱

阿.豬.

熱

a.tsu.

あつ
暑

阿.豬.

痛	貴
i.ta.	ta.ka.
痛(いた)	高(たか)
伊.它.	它.卡.

例句

請躺下來。

yo.ko.ni.na.tte.ku.da.sa.i.

横(よこ)になってください。

悠.寇.尼.那.^貼.枯.答.沙.伊.

請用趴的。

u.tsu.bu.se.ni.na.tte.ku.da.sa.i.

うつ伏(ぶ)せになってください。

烏.豬.布.誰.尼.那.^貼.枯.答.沙.伊.

很痛。

i.ta.i.de.su.

痛(いた)いです。

伊.它.伊.爹.酥.

有一點痛。

su.ko.shi.i.ta.i.de.su.

少(すこ)し痛(いた)いです。

酥.寇.西.～.它.伊.爹.酥.

請小力一點。

mo.tto.yo.wa.ku.shi.te.ku.da.sa.i.

もっと弱(よわ)くしてください。

某.＾偷.悠.哇.枯.西.貼.枯.答.沙.伊.

很舒服。

ki.mo.chi.i.i.de.su.

気持(きも)ちいいです。

克伊.某.七.～.伊.爹.酥.

我在找＋○○。

o.sa.ga.shi.te.i.ma.su.

○○＋を探(さが)しています。

歐.沙.嘎.西.貼.伊.媽.酥.

西裝 su.u.tsu. スーツ 酥.～.豬. 	連身裙 wa.n.pi.i.su. ワンピース 哇.恩.披.～.酥. 
裙子 su.ka.a.to. スカート 酥.卡.～.偷. 	褲子 zu.bo.n. ズボン 茲.剝.恩. 
牛仔褲 ji.i.n.zu. ジーンズ 基.～.恩.茲. 	T恤 ti.i.sha.tsu. T(ティー)シャツ 踢.～.蝦.豬. 

休閒襯衫
ka.ju.a.ru.sha.tsu.
カジュアルシャツ
卡.啾.阿.魯.蝦.豬.

Polo襯衫
po.ro.sha.tsu.
ポロシャツ
剖.摟.蝦.豬.

女用襯衫
bu.ra.u.su
ブラウス
布.拉.烏.酥.

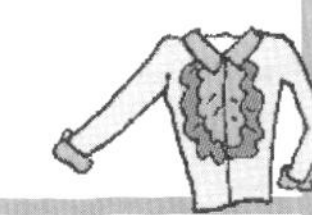

毛衣
se.e.ta.a.
セーター
誰.～.它.～.

夾克
ja.ke.tto.
ジャケット
甲.克耶.^偷.

外套
ko.o.to.
コート
寇.～.偷.

內衣
shi.ta.gi.
下着（したぎ）
西.它.哥伊.

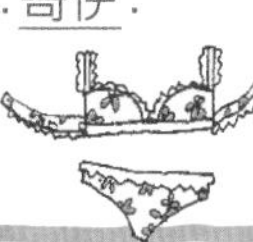

（外穿式）背心
be.su.to.
ベスト
貝.酥.偷.

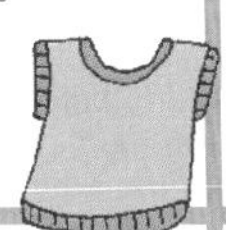

領帶
ne.ku.ta.i.
ネクタイ
內.枯.它.伊.

帽子
bo.o.shi.
帽子（ぼうし）
剝.～.西.

襪子
ku.tsu.shi.ta.
靴下（くつした）
枯.豬.西.它.

太陽眼鏡
sa.n.gu.ra.su.
サングラス
沙.恩.估.拉.酥.

例句

歡迎光臨！

i.ra.ssha.i.ma.se.

いらっしゃいませ。

伊.拉.＾蝦.伊.媽.誰.

您要找什麼呢？

na.ni.o.o.sa.ga.shi.de.su.ka.

何(なに)をお探(さが)しですか。

那.尼.歐.歐.沙.嘎.西.爹.酥.卡.

請您試穿一下。

do.o.zo.go.shi.cha.ku.na.sa.tte.ku.da.sa.i.

どうぞ、ご試着(しちゃく)なさってください。

都.～.宙.勾.西.洽.枯.那.沙.＾貼.枯.答.沙.伊.

這要多少錢？

ko.re.wa.i.ku.ra.de.su.ka.

これはいくらですか。

寇.累.哇.伊.枯.拉.爹.酥.卡.

這是什麼？

ko.re.wa.na.n.de.su.ka.

これは何(なん)ですか。

寇.累.哇.那.恩.爹.酥.卡.

給我看那個。

a.re.o.mi.se.te.ku.da.sa.i.

あれを見(み)せてください。

阿.累.歐.咪.誰.貼.枯.答.沙.伊.

我只是看看而已。

ta.da.mi.te.i.ru.da.ke.de.su.

ただ見(み)ているだけです。

它.答.咪.貼.伊.魯.答.克耶.爹.酥.

我不買。

ke.kko.o.de.su.

結構(けっこう)です。

克耶.＾寇.～.爹.酥.

我會再來。

ma.ta.ki.ma.su.

また来(き)ます。

媽.它.克伊.媽.酥.

到幾點呢？

na.n.ji.ma.de.de.su.ka.

何時(なんじ)までですか。

那.恩.基.媽.爹.爹.酥.卡.

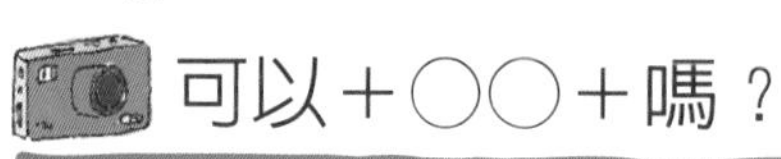

可以＋○○＋嗎？

i.i.de.su.ka.

○○＋いいですか。

伊.～.爹.酥.卡.

摸	套套看
sa.wa.tte.mo.	cho.tto.ha.o.tte.mi.te.mo.
触(さわ)っても	ちょっとはおってみても
沙.哇.＾貼.某.	秋.＾偷.哈.歐.＾貼.咪.貼.某.

戴戴看	配戴看看
ka.bu.tte.mi.te.mo.	tsu.ke.te.mi.te.mo.
かぶってみても	つけてみても
卡.布.＾貼.咪.貼.某.	豬.克耶.貼.咪.貼.某.
	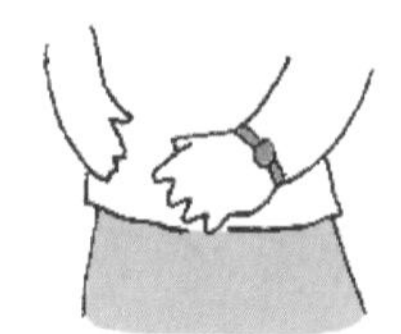

例句

不好意思（用於呼喚店員時）。

su.mi.ma.se.n.

すみません。

酥.咪.媽.誰.恩.

哪種特產賣得最好？

ni.n.ki.no.o.mi.ya.ge.wa.na.n.de.su.ka.

人気(にんき)のおみやげは何(なん)ですか。

尼.恩.克伊.諾.歐.咪.呀.給.哇.那.恩.爹.酥.卡.

我要買送朋友的特產，什麼比較好呢？

to.mo.da.chi.e.no.o.mi.ya.ge.ni.wa.na.ni.ga.i.i.de.sho.o.ka.

友達(ともだち)へのおみやげには何(なに)がいいでしょうか。

偷.某.答.七.耶.諾.歐.咪.呀.給.尼.哇.那.尼.嘎.伊.～.爹.休.～.卡.

我在找跟這個一樣的東西。

ko.re.to.o.na.ji.mo.no.o.sa.ga.shi.te.i.ru.no.de.su.ga.

これと同(おな)じものを探(さが)しているのですが。

寇.累.偷.歐.那.基.某.諾.歐.沙.嘎.西.貼.伊.魯.諾.爹.酥.嘎.

這個如何呢？

ko.re.wa.do.o.de.su.ka.

これはどうですか。

寇.累.哇.都.～.爹.酥.卡.

那我不喜歡……。

so.re.wa.cho.tto.

それはちょっと……。

搜.累.哇.秋.＾偷.

可以試穿嗎？

shi.cha.ku.shi.te.mo.i.i.de.su.ka.

しちゃく

試着してもいいですか。

西.洽.枯.西.貼.某.伊.～.爹.酥.卡.

有大一點的嗎？

mo.o.su.ko.shi.o.o.ki.i.no.wa.a.ri.ma.su.ka.

すこ　おお

もう少し大きいのはありますか。

某.～.酥.寇.西.歐.～.克伊.伊.諾.哇.阿.里.媽.酥.卡.

這要怎麼用呢？

ko.re.wa.do.o.tsu.ka.u.n.de.su.ka.

つか

これはどう使うんですか。

寇.累.哇.都.～.豬.卡.烏.恩.爹.酥.卡.

可以＋○○＋嗎？

16

i.i.de.su.ka.

○○＋いいですか。

伊.～.爹.酥.卡.

試穿看看	試穿看看	試吃看看
ki.te.mi.te.mo.	ha.i.te.mi.te.mo.	ta.be.te.mi.te.mo.
着(き)てみても	履(は)いてみても	食(た)べてみても
克伊.貼.咪.貼.某.	哈.伊.貼.咪.貼.某.	它.貝.貼.咪.貼.某.

例句

我想試穿。

shi.cha.ku.shi.ta.i.de.su.

試着(しちゃく)したいです。

西.洽.枯.西.它.伊.爹.酥.

我可以試戴這個（飾品）嗎？

ko.re.tsu.ke.te.mi.te.mo.i.i.de.su.ka.

これ、つけてみてもいいですか。

寇.累.豬.克耶.貼.咪.貼.某.伊.～.爹.酥.卡.

這邊請。

ko.chi.ra.e.do.o.zo.

こちらへどうぞ。

寇.七.拉.耶.都.～.宙.

可以改短一點嗎？

ta.ke.wa.tsu.me.ra.re.ma.su.ka.

丈(たけ)は詰(つ)められますか。

它.克耶.哇.豬.妹.拉.累.媽.酥.卡.

我很喜歡。

to.te.mo.ki.ni.i.ri.ma.shi.ta.

とても気(き)に入(い)りました。

偷.貼.某.克伊.尼.伊.里.媽.西.它.

4 尺寸不合啦

有不同的＋○○＋嗎？

16

chi.ga.u. wa.a.ri.ma.su.ka.

違(ちが)う＋○○＋はありますか。

七.嘎.烏. 哇.阿.里.媽.酥.卡.

設計

de.za.i.n.

デザイン

爹.雜.伊.恩.

尺寸

sa.i.zu.

サイズ

沙.伊.茲.

顏色

i.ro.

色（いろ）

伊.摟.

花樣

ga.ra.

柄（がら）

嘎.拉.

料子

so.za.i.

素材（そざい）

搜.雜.伊.

例句

幫我量一下尺寸。

wa.ta.shi.no.sa.i.zu.o.ha.ka.tte.ku.da.sa.i.

私(わたし)のサイズを測(はか)ってください。

哇.它.西.諾.沙.伊.茲.歐.哈.卡.＾貼.枯.答.沙.伊.

有小一點的嗎？

mo.o.su.ko.shi.chi.i.sa.i.no.wa.a.ri.ma.su.ka.

もう少(すこ)し小(ちい)さいのはありますか。

某.～.酥.寇.西.七.～.沙.伊.諾.哇.阿.里.媽.酥.卡.

再給我看一下大一號的。

hi.to.tsu.o.o.ki.i.sa.i.zu.o.mi.se.te.ku.da.sa.i.

一(ひと)つ大(おお)きいサイズを見(み)せてください。

喝伊.偷.豬.歐.～.克伊.～.沙.伊.茲.歐.咪.誰.貼.枯.答.沙.伊.

有大一點的嗎？

mo.o.cho.tto.o.o.ki.i.no.wa.a.ri.ma.su.ka.

もうちょっと大(おお)きいのはありますか。

某.～.秋.＾偷.歐.～.克伊.～.諾.哇.阿.里.媽.酥.卡.

您尺寸多大？

sa.i.zu.wa.i.ku.tsu.de.su.ka.

サイズはいくつですか。

沙.伊.茲.哇.伊.枯.豬.爹.酥.卡.

5 買化妝品

我在意＋〇〇。

ga.ki.ni.na.ri.ma.su.

〇〇＋が気(き)になります。

嘎.克伊.尼.那.里.媽.酥.

皮膚乾燥 ka.sa.tsu.ki. かさつき 卡.沙.豬.克伊.	粉刺 ni.ki.bi. ニキビ 尼.克伊.逼.
皮膚鬆弛 ta.ru.mi. たるみ 它.魯.咪.	黑斑 shi.mi. しみ 西.咪.
皺紋 shi.wa. しわ 西.哇.	肌膚暗沈 ku.su.mi. くすみ 枯.酥.咪.

例句

哪個賣得最好？

u.re.su.ji.wa.do.re.de.su.ka.

売れ筋はどれですか。（うれ すじ）

烏.累.酥.基.哇.都.累.爹.酥.卡.

我在找這種產品。

ko.no.sho.o.hi.n.o.sa.ga.shi.te.i.ru.no.de.su.ga.

この商品を探しているのですが。（しょうひん さが）

寇.諾.休.～.喝伊.恩.歐.沙.嘎.西.貼.伊.魯.諾.爹.酥.嘎.

我想買化妝水。

ke.sho.o.su.i.o.ka.i.ta.i.no.de.su.ga.

化粧水を買いたいのですが。（けしょうすい か）

克耶.休.～.酥.伊.歐.卡.伊.它.伊.諾.爹.酥.嘎.

BB霜在哪裡？

bi.i.bi.i.ku.ri.i.mu.wa.do.ko.de.su.ka.

BBクリームはどこですか。（ビービー）

逼.～.逼.～.枯.里.～.母.哇.都.寇.爹.酥.卡.

我很煩惱〇〇。

〇〇.ni.na.ya.n.de.i.ma.su.

〇〇に悩んでいます。（なや）

〇〇.尼.那.呀.恩.爹.伊.媽.酥.

有青春痘專用的嗎？

ni.ki.bi.se.n.yo.o.wa.a.ri.ma.su.ka.

ニキビ専用（せんよう）はありますか。

尼.克伊.逼.誰.恩.悠.～.哇.阿.里.媽.酥.卡.

哪一種產品適合呢？

do.n.na.se.e.hi.n.ga.a.u.de.sho.o.ka.

どんな製品（せいひん）が合（あ）うでしょうか。

都.恩.那.誰.～.喝伊.恩.嘎.阿.烏.爹.休.～.卡.

有什麼效果呢？

do.n.na.ko.o.ka.ga.a.ri.ma.su.ka.

どんな効果（こうか）がありますか。

都.恩.那.寇.～.卡.嘎.阿.里.媽.酥.卡.

很有人氣。

ni.n.ki.ga.a.ri.ma.su.

人気（にんき）があります。

尼.恩.克伊.嘎.阿.里.媽.酥.

可以試用化妝品嗎？

ke.sho.o.hi.n.o.ta.me.shi.te.mi.te.mo.i.i.de.su.ka.

化粧品（けしょうひん）を試（ため）してみてもいいですか。

克耶.休.～.喝伊.恩.歐.它.妹.西.貼.咪.貼.某.伊.～.爹.酥.卡.

我要五條口紅。

ku.chi.be.ni.go.ho.n.ku.da.sa.i.

口紅（くちべに）5本（ほん）ください。

枯.七.貝.尼.勾.后.恩.枯.答.沙.伊.

請告訴我使用順序。

tsu.ka.u.ju.n.ba.n.o.o.shi.e.te.ku.da.sa.i.

使（つか）う順番（じゅんばん）を教（おし）えてください。

豬.卡.烏.啾.恩.拔.恩.歐.歐.西.耶.貼.枯.答.沙.伊.

有試用品嗎？

te.su.ta.a.wa.a.ri.ma.su.ka.

テスターはありますか。

貼.酥.它.～.哇.阿.里.媽.酥.卡.

6 買鞋子

請給我＋○○。

o.ku.da.sa.i.

○○＋をください。

歐.枯.答.沙.伊.

休閒運動鞋 su.ni.i.ka.a. スニーカー 酥.尼.～.卡.～. 	涼鞋 sa.n.da.ru. サンダル 沙.恩.答.魯. 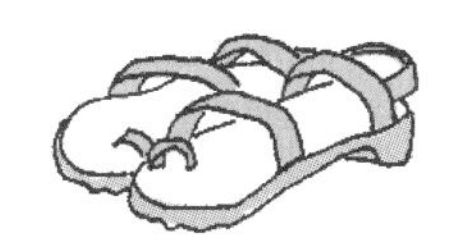	無帶淺口有跟女鞋 pa.n.pu.su. パンプス 趴.恩.撲.酥. 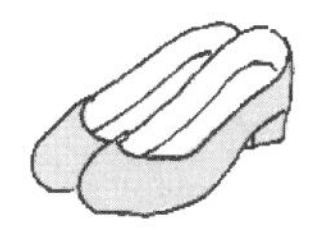
高跟拖鞋 myu.u.ru. ミュール 咪烏.～.魯. 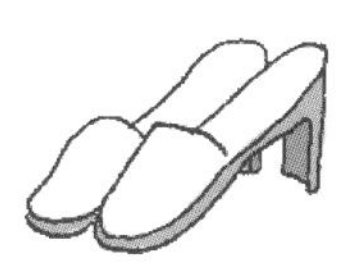	高跟鞋 ha.i.hi.i.ru. ハイヒール 哈.伊.喝伊.～.魯. 	靴子 bu.u.tsu. ブーツ 布.～.豬. 
短馬靴 sho.o.to.bu.u.tsu. ショートブーツ 休.～.偷.布.～.豬. 	網球鞋 te.ni.su.shu.u.zu. テニスシューズ 貼.尼.酥.西烏.～.茲. 	登山鞋 to.re.kki.n.gu.shu.u.zu. トレッキングシューズ 偷.累.^克伊.恩.估.西烏.～.茲. 

例句

尺寸合嗎？

sa.i.zu.wa.a.i.ma.su.ka.

サイズは合(あ)いますか。

沙.伊.茲.哇.阿.伊.媽.酥.卡.

剛剛好。

pi.tta.ri.de.su.

ぴったりです。

披.ˆ它.里.爹.酥.

這太小了一點。

ko.re.wa.cho.tto.chi.i.sa.i.de.su.ne.

これはちょっと小(ちい)さいですね。

寇.累.哇.秋.ˆ偷.七.～.沙.伊.爹.酥.內.

再給我看一下小一點的尺寸。

mo.o.su.ko.shi.chi.i.sa.i.sa.i.zu.o.mi.se.te.ku.da.sa.i.

もう少(すこ)し小(ちい)さいサイズを見(み)せてください。

某.～.酥.寇.西.七.～.沙.伊.沙.伊.茲.歐.咪.誰.貼.枯.答.沙.伊.

這個尺寸有沒有白色的？

ko.no.sa.i.zu.de.shi.ro.wa.na.i.de.su.ka.

このサイズで白(しろ)はないですか。

寇.諾.沙.伊.茲.爹.西.摟.哇.那.伊.爹.酥.卡.

可以走一下嗎？

cho.tto.a.ru.i.te.mi.te.mo.i.i.de.su.ka.

ちょっと歩(ある)いてみてもいいですか。

秋.＾偷.阿.魯.伊.貼.咪.貼.某.伊.～.爹.酥.卡.

這是真皮的喔！

ko.re.wa.ho.n.ga.wa.de.su.yo.

これは本革(ほんがわ)ですよ。

寇.累.哇.后.恩.嘎.哇.爹.酥.悠.

太＋〇〇＋了嗎？

17

su.gi.ma.su.ka.

〇〇＋すぎますか。

酥.哥伊.媽.酥.卡.

大	小
o.o.ki.	chi.i.sa.
大(おお)き	小(ちい)さ
歐.～.克伊.	七.～.沙.

寬鬆

yu.ru.

ゆる
緩

尤.魯.

緊

ki.tsu.

きつ

克伊.豬.

高

ta.ka.

たか
高

它.卡.

矮

hi.ku.

ひく
低

喝伊.枯.

短

mi.ji.ka.

みじか
短

咪.基.卡.

長

na.ga.

なが
長

那.嘎.

例句

這寶石戒真可愛。

ko.no.ho.o.se.ki.no.yu.bi.wa.su.go.ku.ka.wa.i.i.de.su.ne.

この宝石(ほうせき)の指輪(ゆびわ)、すごくかわいいですね。

寇.諾.后.～.誰.克伊.諾.尤.逼.哇.酥.勾.枯.卡.哇.伊.～.爹.酥.內.

可以給我看鑽戒嗎？

da.i.ya.no.yu.bi.wa.o.mi.se.te.i.ta.da.ke.ma.su.ka.

ダイヤの指輪(ゆびわ)を見(み)せていただけますか。

答.伊.呀.諾.尤.逼.哇.歐.咪.誰.貼.伊.它.答.克耶.媽.酥.卡.

請告訴我誕生石。

ta.n.jo.o.se.ki.o.o.shi.e.te.ku.da.sa.i.

誕生石(たんじょうせき)を教(おし)えてください。

它.恩.久.～.誰.克伊.歐.歐.西.耶.貼.枯.答.沙.伊.

這個可以試戴一下嗎？

ko.re.tsu.ke.te.mi.te.mo.i.i.de.su.ka.

これ、つけてみてもいいですか。

寇.累.豬.克耶.貼.咪.貼.某.伊.～.爹.酥.卡.

這是18K金的嗎？

ko.re.wa.ju.u.ha.chi.ki.n.de.su.ka.

これは18金(じゅうはちきん)ですか。

寇.累.哇.啾.～.哈.七.克伊.恩.爹.酥.卡.

這是幾克拉？

ko.re.wa.na.n.ka.ra.tto.de.su.ka.

これは何(なん)カラットですか。

寇.累.哇.那.恩.卡.拉.^偷.爹.酥.卡.

那是三克拉。

so.re.wa.sa.n.ka.ra.tto.de.su.

それは3(さん)カラットです。

搜.累.哇.沙.恩.卡.拉.^偷.爹.酥.

這是真的還是假的？

ko.re.wa.ho.n.mo.no.de.su.ka.mo.zo.o.de.su.ka.

これは本物(ほんもの)ですか、模造(もぞう)ですか。

寇.累.哇.后.恩.某.諾.爹.酥.卡.某.宙.～.爹.酥.卡.

這好像是假的。

ko.re.wa.mo.zo.o.mi.ta.i.de.su.ne.

これは模造(もぞう)みたいですね。

寇.累.哇.某.宙.～.咪.它.伊.爹.酥.內.

有小一號的嗎？

wa.n.sa.i.zu.chi.i.sa.i.no.wa.a.ri.ma.se.n.ka.

ワンサイズ小(ちい)さいのはありませんか。

哇.恩.沙.伊.茲.七.～.沙.伊.諾.哇.阿.里.媽.誰.恩.卡.

8 買食物

○○＋在哪裡？

17

wa.do.ko.de.su.ka.

○○＋はどこですか。

哇.都.寇.爹.酥.卡.

茶 o.cha. お茶（ちゃ） 歐.洽.	糕點 o.ka.shi. お菓子（かし） 歐.卡.西. 
速食食品 i.n.su.ta.n.to.sho.ku.hi.n. インスタント食品（しょくひん） 伊.恩.酥.它.恩.偷.休.枯.喝伊.恩. 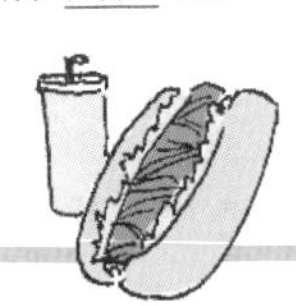	調味料 cho.o.mi.ryo.o. 調味料（ちょうみりょう） 秋.～.咪.溜.～.
鮮魚 sa.ka.na. 魚（さかな） 沙.卡.那. 	蔬菜 ya.sa.i. 野菜（やさい） 呀.沙.伊. 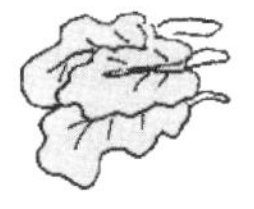

例句

服務台在哪裡？

sa.a.bi.su.ka.u.n.ta.a.wa.do.ko.ni.a.ri.ma.su.ka.

サービスカウンターはどこにありますか。

沙.～.逼.酥.卡.烏.恩.它.～.哇.都.寇.尼.阿.里.媽.酥.卡.

這是什麼醃漬食品呢？

ko.re.wa.na.n.no.tsu.ke.mo.no.de.su.ka.

これは何(なん)の漬物(つけもの)ですか。

寇.累.哇.那.恩.諾.豬.克耶.某.諾.爹.酥.卡.

有醃蘿蔔嗎？

ta.ku.a.n.wa.a.ri.ma.su.ka.

たくあんはありますか。

它.枯.阿.恩.哇.阿.里.媽.酥.卡.

可以試吃嗎？

shi.sho.ku.shi.te.mo.i.i.de.su.ka.

試食(ししょく)してもいいですか。

西.休.枯.西.貼.某.伊.～.爹.酥.卡.

一百公克多少錢？

hya.ku.gu.ra.mu.i.ku.ra.de.su.ka.

100(ひゃく)グラムいくらですか。

喝呀.枯.估.拉.母.伊.枯.拉.爹.酥.卡.

這個請幫我稱一下。

ko.re.o.ha.ka.tte.ku.da.sa.i.

これを量（はか）ってください。

寇.累.歐.哈.卡.^貼.枯.答.沙.伊.

這醃漬食品一包多少錢？

ko.no.tsu.ke.mo.no.hi.to.pa.kku.i.ku.ra.de.su.ka.

この漬物（つけもの）一（ひと）パックいくらですか。

寇.諾.豬.克耶.某.諾.喝伊.偷.趴.^枯.伊.枯.拉.爹.酥.卡.

給我〇〇五百公克。

〇〇.o.go.hya.ku.gu.ra.mu.ku.da.sa.i.

〇〇を500（ごひゃく）グラムください。

〇〇.歐.勾.喝呀.枯.估.拉.母.枯.答.沙.伊.

能保鮮幾天？

do.re.ku.ra.i.hi.mo.chi.shi.ma.su.ka.

どれくらい日持（ひも）ちしますか。

都.累.枯.拉.伊.喝伊.某.七.西.媽.酥.卡.

給我袋子。

fu.ku.ro.ku.da.sa.i.

袋（ふくろ）ください。

夫.枯.摟.枯.答.沙.伊.

9 討價還價

請＋○○。

18

shi.te.ku.da.sa.i.

○○＋してください。

西.貼.枯.答.沙.伊.

便宜 ya.su.ku. **安く**（やす） 呀.酥.枯.	快 ha.ya.ku. **早く**（はや） 哈.呀.枯.
（弄）小 chi.i.sa.ku. **小さく**（ちい） 七.～.沙.枯.	（弄）好提 mo.chi.ya.su.ku. **持ちやすく**（も） 某.七.呀.酥.枯.
（弄）漂亮 ki.re.e.ni. **きれいに** 克伊.累.～.尼.	再便宜一些 mo.o.su.ko.shi.ya.su.ku. **もう少し安く**（すこ・やす） 某.～.酥.寇.西.呀.酥.枯.

1
2
3
4
5
6
7
8
9
10

例句

多少錢呢？

i.ku.ra.de.su.ka.

いくらですか。

伊.枯.拉.爹.酥.卡.

全部多少錢呢？

ze.n.bu.de.i.ku.ra.de.su.ka.

全部(ぜんぶ)でいくらですか。

瑞賊.恩.布.爹.伊.枯.拉.爹.酥.卡.

這太貴了。

ko.re.wa.ta.ka.su.gi.ma.su.

これは高(たか)すぎます。

寇.累.哇.它.卡.酥.哥伊.媽.酥.

算便宜一點啦！

ya.su.ku.shi.te.ku.da.sa.i.

安(やす)くしてください。

呀.酥.枯.西.貼.枯.答.沙.伊.

付現可以打幾折？

ge.n.ki.n.na.ra.na.n.wa.ri.bi.ki.ni.na.ri.ma.su.ka.

現金(げんきん)なら何割引(なんわりびき)になりますか。

給.恩.克伊.恩.那.拉.那.恩.哇.里.逼.克伊.尼.那.里.媽.酥.卡.

打八折。

ni.wa.ri.bi.ki.ni.na.ri.ma.su.

2割引（に わりびき）になります。

尼.哇.里.逼.克伊.尼.那.里.媽.酥.

有樣品嗎？

sa.n.pu.ru.a.ri.ma.su.ka.

サンプルありますか。

沙.恩.撲.魯.阿.里.媽.酥.卡.

10 我買這個

請給我＋〇〇。

18

ku.da.sa.i.

〇〇＋ください。

枯.答.沙.伊.

一個 hi.to.tsu. 一つ（ひと） 喝伊.偷.豬.	一張 i.chi.ma.i. 1枚（いちまい） 伊.七.媽.伊.

一個	一台	一本（書）
i.kko.	i.chi.da.i.	i.ssa.tsu.
いっこ 1個	いちだい 1台	いっさつ 1冊
伊.ˆ寇.	伊.七.答.伊.	伊.ˆ沙.豬.

例句

我買這個。

ko.re.ni.shi.ma.su.

これにします。

寇.累.尼.西.媽.酥.

給我這兩個，那一個。

ko.re.fu.ta.tsu.to.a.re.hi.to.tsu.ku.da.sa.i.

ふた　ひと

これ二つと、あれ一つください。

寇.累.夫.它.豬.偷.阿.累.喝伊.偷.豬.枯.答.沙.伊.

麻煩算帳。

o.ka.i.ke.e.o.o.ne.ga.i.shi.ma.su.

かいけい　ねが

お会計をお願いします。

歐.卡.伊.克耶.～.歐.歐.內.嘎.伊.西.媽.酥.

32600日圓。

sa.n.ma.n.ni.se.n.ro.ppya.ku.e.n.de.su.

さんまんにせんろっぴゃく えん
3 2,600円です。

沙.恩.媽.恩.尼.誰.恩.摟.＾披呀.枯.耶.恩.爹.酥.

收您四萬日圓。

yo.n.ma.n.e.n.o.a.zu.ka.ri.shi.ma.su.

よんまんえん あず
4万円お預かりします。

悠.恩.媽.恩.耶.恩.歐.阿.茲.卡.里.西.媽.酥.

找您7400日圓。

na.na.se.n.yo.n.hya.ku.e.n.no.o.tsu.ri.de.su.

ななせんよんひゃく えん つ
7,400円のお釣りです。

那.那.誰.恩.悠.恩.喝呀.枯.耶.恩.諾.歐.豬.里.爹.酥.

您付現還是刷卡？

o.shi.ha.ra.i.wa.ge.n.ki.n.de.su.ka.ka.a.do.de.su.ka.

し はら げんきん
お支払いは現金ですか、カードですか。

歐.西.哈.拉.伊.哇.給.恩.克伊.恩.爹.酥.卡.卡.～.都.爹.酥.卡.

我付現。

ge.n.ki.n.de.su.

げんきん
現金です。

給.恩.克伊.恩.爹.酥.

可以刷卡嗎？

ka.a.do.ba.ra.i.wa.de.ki.ma.su.ka.

カード払(ばら)いはできますか。

卡.～.都.拔.拉.伊.哇.爹.克伊.媽.酥.卡.

不，不能刷卡。

i.i.e.ka.a.do.wa.o.tsu.ka.i.ni.na.re.ma.se.n.

いいえ、カードはお使(つか)いになれません。

伊.～.耶.卡.～.都.哇.歐.豬.卡.伊.尼.那.累.媽.誰.恩.

可以使用優待券嗎？

ku.u.po.n.wa.tsu.ka.e.ma.su.ka.

クーポンは使(つか)えますか。

枯.～.剖.恩.哇.豬.卡.耶.媽.酥.卡.

請這裡簽名。

ko.ko.ni.sa.i.n.o.o.ne.ga.i.shi.ma.su.

ここにサインをお願(ねが)いします。

寇.寇.尼.沙.伊.恩.歐.歐.內.嘎.伊.西.媽.酥.

金額不對。

ki.n.ga.ku.ga.a.tte.i.ma.se.n.

金額(きんがく)が合(あ)っていません。

克伊.恩.嘎.枯.嘎.阿.＾貼.伊.媽.誰.恩.

1
2
3
4
5
6

請找錢。

o.tsu.ri.o.ku.da.sa.i.

お釣(つ)りをください。

歐.豬.里.歐.枯.答.沙.伊.

給我收據。

re.shi.i.to.o.ku.da.sa.i.

レシートをください。

累.西.～.偷.歐.枯.答.沙.伊.

歡迎再度光臨。

ma.ta.o.ko.shi.ku.da.sa.i.

またお越(こ)しください。

媽.它.歐.寇.西.枯.答.沙.伊.

7

11 包裝及配送

8

例句

可以幫我包成送禮的嗎？

pu.re.ze.n.to.yo.o.ni.ho.o.so.o.shi.te.i.ta.da.ke.ma.su.ka.

プレゼント用(よう)に包装(ほうそう)していただけますか。

撲.累.瑞賊.恩.偷.悠.～.尼.后.～.搜.～.西.貼.伊.它.答.克耶.媽.酥.卡.

9
10

送禮用的嗎？

pu.re.ze.n.to.yo.o.de.su.ka.

プレゼント用（よう）ですか。

撲.累.瑞賊.恩.偷.悠.～.爹.酥.卡.

不，自己要用的。

i.i.e.ji.ta.ku.yo.o.de.su.

いいえ、自宅用（じたくよう）です。

伊.～.耶.基.它.枯.悠.～.爹.酥.

是的，送禮用的。

ha.i.pu.re.ze.n.to.yo.o.de.su.

はい、プレゼント用（よう）です。

哈.伊.撲.累.瑞賊.恩.偷.悠.～.爹.酥.

幫我個別包裝。

be.tsu.be.tsu.no.fu.ku.ro.ni.i.re.te.ku.da.sa.i.

別々（べつべつ）の袋（ふくろ）に入（い）れてください。

貝.豬.貝.豬.諾.夫.枯.摟.尼.伊.累.貼.枯.答.沙.伊.

幫我放在一個大袋子裡。

o.o.ki.na.fu.ku.ro.ni.ma.to.me.te.ku.da.sa.i.

大（おお）きな袋（ふくろ）にまとめてください。

歐.～.克伊.那.夫.枯.摟.尼.媽.偷.妹.貼.枯.答.沙.伊.

請幫我放在袋子裡。

fu.ku.ro.ni.i.re.te.ku.da.sa.i.

袋(ふくろ)に入(い)れてください。

夫.枯.摟.尼.伊.累.貼.枯.答.沙.伊.

請再給我多一點袋子（分裝伴手禮用）。

ko.wa.ke.bu.ku.ro.o.mo.tto.ku.da.sa.i.

小分(こわ)け袋(ぶくろ)をもっとください。

寇.哇.克耶.布.枯.摟.歐.某.^偷.枯.答.沙.伊.

請幫我寄送到飯店。

ko.re.ho.te.ru.ma.de.ha.i.ta.tsu.shi.te.ku.da.sa.i.

これ、ホテルまで配達(はいたつ)してください。

寇.累.后.貼.魯.媽.爹.哈.伊.它.豬.西.貼.枯.答.沙.伊.

這可以幫我寄到台灣嗎？

ko.re.ta.i.wa.n.ma.de.o.ku.tte.i.ta.da.ke.ma.su.ka.

これ、台湾(たいわん)まで送(おく)っていただけますか。

寇.累.它.伊.哇.恩.媽.爹.歐.枯.^貼.伊.它.答.克耶.媽.酥.卡.

運費要多少？

u.n.so.o.ryo.o.wa.i.ku.ra.de.su.ka.

運送料(うんそうりょう)はいくらですか。

烏.恩.搜.～.溜.～.哇.伊.枯.拉.爹.酥.卡.

要花幾天？

na.n.ni.chi.ku.ra.i.ka.ka.ri.ma.su.ka.

何日（なんにち）くらいかかりますか。

那.恩.尼.七.枯.拉.伊.卡.卡.里.媽.酥.卡.

旅行小記

到＋〇〇＋嗎？

○19

e.i.ki.ma.su.ka.

〇〇＋へ行（い）きますか。

耶.伊.克伊.媽.酥.卡.

東京車站	成田機場
to.o.kyo.o.e.ki.	na.ri.ta.ku.u.ko.o.
東京駅（とうきょうえき）	成田空港（なりたくうこう）
偷.～.卡悠.～.耶.克伊.	那.里.它.枯.～.寇.～.
遊樂園	美術館
yu.u.e.n.chi.	bi.ju.tsu.ka.n.
遊園地（ゆうえんち）	美術館（びじゅつかん）
尤.～.耶.恩.七.	逼.啾.豬.卡.恩.

例句

這附近有地鐵車站嗎？

chi.ka.ku.ni.chi.ka.te.tsu.no.e.ki.wa.a.ri.ma.su.ka.

近（ちか）くに地下鉄（ちかてつ）の駅（えき）はありますか。

七.卡.枯.尼.七.卡.貼.豬.諾.耶.克伊.哇.阿.里.媽.酥.卡.

給我一張開往秋葉原的車票。

a.ki.ha.ba.ra.i.ki.no.ki.ppu.o.i.chi.ma.i.ku.da.sa.i.

あきはばらい　きっぷ　いちまい
秋葉原行きの切符を１枚ください。

阿.克伊.哈.拔.拉.伊.克伊.諾.克伊.ˆ撲.歐.伊.七.媽.伊.枯.答.沙.伊.

往名古屋的是幾點？

na.go.ya.i.ki.wa.na.n.ji.de.su.ka.

なごやい　なんじ
名古屋行きは何時ですか。

那.勾.呀.伊.克伊.哇.那.恩.基.爹.酥.卡.

給我自由座位兩張。

ji.yu.u.se.ki.o.ni.ma.i.ku.da.sa.i.

じゆうせき　にまい
自由席を２枚ください。

基.尤.～.誰.克伊.歐.尼.媽.伊.枯.答.沙.伊.

到橫濱還要多久？

yo.ko.ha.ma.ma.de.a.to.do.re.ku.ra.i.de.su.ka.

よこはま
横浜まであとどれくらいですか。

悠.寇.哈.媽.媽.爹.阿.偷.都.累.枯.拉.伊.爹.酥.卡.

開往上野的列車有幾點的呢？

u.e.no.i.ki.no.re.ssha.wa.na.n.ji.de.su.ka.

うえのい　れっしゃ　なんじ
上野行きの列車は何時ですか。

烏.耶.諾.伊.克伊.諾.累.ˆ蝦.哇.那.恩.基.爹.酥.卡.

請退我錢。

ha.ra.i.mo.do.shi.shi.te.ku.da.sa.i.

払(はら)い戻(もど)してください。

哈.拉.伊.某.都.西.西.貼.枯.答.沙.伊.

要花幾分鐘呢？

na.n.pu.n.ka.ka.ri.ma.su.ka.

何分(なんぷん)かかりますか。

那.恩.撲.恩.卡.卡.里.媽.酥.卡.

在哪裡換車呢？

do.ko.de.no.ri.ka.e.ma.su.ka.

どこで乗(の)り換(か)えますか。

都.寇.爹.諾.里.卡.耶.媽.酥.卡.

往公園的出口在哪裡？

ko.o.e.n.e.no.de.gu.chi.wa.do.ko.de.su.ka.

公園(こうえん)への出口(でぐち)はどこですか。

寇.～.耶.恩.耶.諾.爹.估.七.哇.都.寇.爹.酥.卡.

末班電車是幾點呢？

shu.u.de.n.wa.na.n.ji.de.su.ka.

終電(しゅうでん)は何時(なんじ)ですか。

西烏.～.爹.恩.哇.那.恩.基.爹.酥.卡.

我想＋○○。

○19

ta.i.de.su.

○○＋たいです。

它.伊.爹.酥.

寄放行李	在這裡休息
ni.mo.tsu.o.a.zu.ke. 荷物(にもつ)を預(あず)け 尼.某.豬.歐.阿.茲.克耶. 	ko.ko.de.ya.su.mi. ここで休(やす)み 寇.寇.爹.呀.酥.咪. 
寄到台灣 ta.i.wa.n.ni.o.ku.ri. 台湾(たいわん)に送(おく)り 它.伊.哇.恩.尼.歐.枯.里. 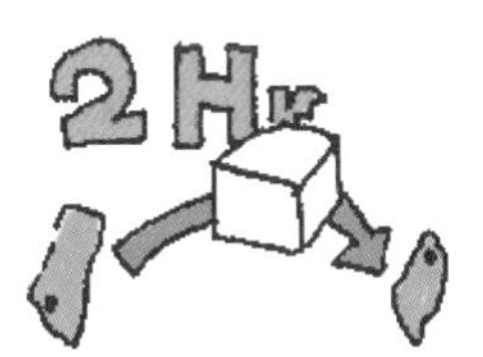	一起去 i.ssho.ni.i.ki. 一緒(いっしょ)に行(い)き 伊.＾休.尼.伊.克伊. 

例句

開往新宿的公車站在哪裡？

shi.n.ju.ku.i.ki.no.ba.su.te.e.wa.do.ko.de.su.ka.

しんじゅく い　　　　　てい

新宿行きのバス停はどこですか。

西.恩.啾.枯.伊.克伊.諾.拔.酥.貼.～.哇.都.寇.爹.酥.卡.

給我四張往青森的車票。

a.o.mo.ri.i.ki.o.yo.n.ma.i.ku.da.sa.i.

あおもり い　　　よんまい

青森行きを４枚ください。

阿.歐.某.里.伊.克伊.歐.悠.恩.媽.伊.枯.答.沙.伊.

羽田機場要怎麼走？

ha.ne.da.ku.u.ko.o.e.wa.do.o.i.ke.ba.i.i.de.su.ka.

はねだ くうこう　　　　い

羽田空港へはどう行けばいいですか。

哈.內.答.枯.～.寇.～.耶.哇.都.～.伊.克耶.拔.伊.～.爹.酥.卡.

這公車往幕張嗎？

ko.no.ba.su.wa.ma.ku.ha.ri.ni.i.ki.ma.su.ka.

まくはり　い

このバスは幕張に行きますか。

寇.諾.拔.酥.哇.媽.枯.哈.里.尼.伊.克伊.媽.酥.卡.

３號公車站的巴士可以到喔！

sa.n.ba.n.ba.su.te.e.no.ba.su.ga.i.ki.ma.su.yo.

さんばん　てい　　　い

３番バス停のバスが行きますよ。

沙.恩.拔.恩.拔.酥.貼.～.諾.拔.酥.嘎.伊.克伊.媽.酥.悠.

有幾分的休息時間呢？

kyu.u.ke.e.ji.ka.n.wa.na.n.pu.n.de.su.ka.

きゅうけいじかん　なんぷん
休憩時間は何分ですか。

卡烏.～.克耶.～.基.卡.恩.哇.那.恩.撲.恩.爹.酥.卡.

往涉谷的巴士要在哪裡搭乘？

shi.bu.ya.e.i.ku.ni.wa.do.ko.de.ba.su.ni.no.re.ba.i.i.de.su.ka.

しぶや　い　の
渋谷へ行くにはどこでバスに乗ればいいですか。

西.布.呀.耶.伊.枯.尼.哇.都.寇.爹.拔.酥.尼.諾.累.拔.伊.～.爹.酥.卡.

到了ＮＨＫ前請告訴我。

e.nu.e.i.chi.ke.e.ma.e.ni.tsu.i.ta.ra.o.shi.e.te.ku.da.sa.i.

エヌ エイチ ケーまえ　つ　おし
ＮＨＫ前に着いたら教えてください。

耶.奴.耶.～.七.克耶.～.媽.耶.尼.豬.伊.它.拉.歐.西.耶.貼.枯.答.沙.伊.

在這裡下車。

ko.ko.de.o.ri.ma.su.

お
ここで降ります。

寇.寇.爹.歐.里.媽.酥.

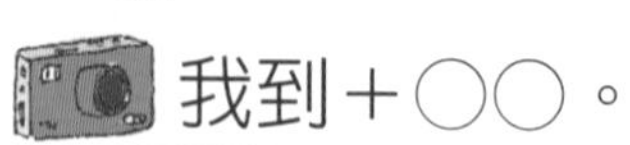

我到＋○○。

o.ne.ga.i.shi.ma.su.

ねが

○○＋お願いします。

歐.內.嘎.伊.西.媽.酥.

這裡 ko.ko. **ここ** 寇.寇.	淺草雷門 a.sa.ku.sa.ka.mi.na.ri.mo.n. あさくさかみなりもん **浅草雷門** 阿.沙.枯.沙.卡.咪.那.里.某.恩.
清水寺 ki.yo.mi.zu.de.ra. きよみずでら **清水寺** 克伊.悠.咪.茲.爹.拉.	姫路城 hi.me.ji.jo.o. ひめじじょう **姫路城** 喝伊.妹.基.久.～.
嚴島神社 i.tsu.ku.shi.ma.ji.n.ja. いつくしまじんじゃ **厳島神社** 伊.豬.枯.西.媽.基.恩.甲.	伊勢神宮 i.se.ji.n.gu.u. いせじんぐう **伊勢神宮** 伊.誰.基.恩.估.烏.

例句

計程車！

ta.ku.shi.i.

タクシー！

它.枯.西.～.

司機先生。

u.n.te.n.shu.sa.n.

運転手(うんてんしゅ)さん。

烏.恩.貼.恩.西烏.沙.恩.

我到這裡。

ko.ko.ni.i.tte.ku.da.sa.i.

ここに行(い)ってください。

寇.寇.尼.～.＾貼.枯.答.沙.伊.

我到池袋。

i.ke.bu.ku.ro.ni.i.tte.ku.da.sa.i.

池袋(いけぶくろ)に行(い)ってください。

伊.克耶.布.枯.摟.尼.伊.＾貼.枯.答.沙.伊.

要花多久時間？

do.re.ku.ra.i.ka.ka.ru.de.sho.o.ka.

どれくらいかかるでしょうか。

都.累.枯.拉.伊.卡.卡.魯.爹.休.～.卡.

請按計程表。

me.e.ta.a.o.ta.o.shi.te.ku.da.sa.i.

メーターを倒(たお)してください。

妹.～.它.～.歐.它.歐.西.貼.枯.答.沙.伊.

請右轉。

mi.gi.e.ma.ga.tte.ku.da.sa.i.

右(みぎ)へ曲(ま)がってください。

咪.哥伊.耶.媽.嘎.^貼.枯.答.沙.伊.

請開暖氣。

da.n.bo.o.o.i.re.te.ku.da.sa.i.

暖房(だんぼう)を入(い)れてください。

答.恩.剝.～.歐.伊.累.貼.枯.答.沙.伊.

請開慢一點。

yu.kku.ri.i.tte.ku.da.sa.i.

ゆっくり行(い)ってください。

尤.^枯.里.伊.^貼.枯.答.沙.伊.

請快一點。

i.so.i.de.ku.da.sa.i.

急(いそ)いでください。

伊.搜.伊.爹.枯.答.沙.伊.

請在這裡停車。

ko.ko.de.to.me.te.ku.da.sa.i.

ここで止（と）めてください。

寇.寇.爹.偷.妹.貼.枯.答.沙.伊.

請在那個大樓前停。

a.no.bi.ru.no.ma.e.de.to.me.te.ku.da.sa.i.

あのビルの前（まえ）で止（と）めてください。

阿.諾.逼.魯.諾.媽.耶.爹.偷.妹.貼.枯.答.沙.伊.

麻煩，幫我打開後車箱。

a.no.to.ra.n.ku.o.a.ke.te.ku.da.sa.i.

あの、トランクを開（あ）けてください。

阿.諾.偷.拉.恩.枯.歐.阿.克耶.貼.枯.答.沙.伊.

多少錢呢？

i.ku.ra.de.su.ka.

いくらですか。

伊.枯.拉.爹.酥.卡.

請找零。

o.tsu.ri.o.ku.da.sa.i.

おつりをください。

歐.豬.里.歐.枯.答.沙.伊.

謝謝。

o.se.wa.sa.ma.de.shi.ta.

お世話様（せわさま）でした。

歐.誰.哇.沙.媽.爹.西.它.

4 問路

可以＋○○＋嗎？

○20

i.i.de.su.ka.

○○＋いいですか。

伊.～.爹.酥.卡.

問一下	去	看
o.ta.zu.ne.shi.te.mo. お尋（たず）ねしても 歐.它.茲.內.西.貼.某.	i.tte.mo. 行（い）っても 伊.＾貼.某.	mi.te.mo. 見（み）ても 咪.貼.某.
吃	**回去**	**休息一下**
ta.be.te.mo. 食（た）べても 它.貝.貼.某.	ka.e.tte.mo. 帰（かえ）っても 卡.耶.＾貼.某.	ya.su.n.de.mo. 休（やす）んでも 呀.酥.恩.爹.某.

例句

公車總站在哪裡？

ba.su.no.ri.ba.wa.do.ko.de.su.ka.

バス乗(の)り場(ば)はどこですか。

拔.酥.諾.里.拔.哇.都.寇.爹.酥.卡.

不好意思，我迷路了。

su.mi.ma.se.n.mi.chi.ni.ma.yo.tte.shi.ma.i.ma.shi.ta.

すみません、道(みち)に迷(まよ)ってしまいました。

酥.咪.媽.誰.恩.咪.七.尼.媽.悠.^貼.西.媽.伊.媽.西.它.

（邊看地圖）我現在在哪裡？

(chi.zu.o.mi.se.na.ga.ra.).i.ma.i.ru.to.ko.ro.wa.do.ko.de.su.ka.

（地図(ちず)を見(み)せながら）今(いま)いる所(ところ)はどこですか。

（七.茲.歐.咪.誰.那.嘎.拉.）.伊.媽.伊.魯.偷.寇.摟.哇.都.寇.爹.酥.卡.

請幫我指一下地圖。

chi.zu.de.sa.shi.te.ku.da.sa.i.

地図(ちず)で指(さ)してください。

七.茲.爹.沙.西.貼.枯.答.沙.伊.

往哪一條路走好呢？

do.no.mi.chi.o.i.ke.ba.i.i.no.de.su.ka.

どの道(みち)を行(い)けばいいのですか。

都.諾.咪.七.歐.伊.克耶.拔.伊.～.諾.爹.酥.卡.

1
2
3
4
5
6
7
8
9
10

鞋店在哪裡呢？

ku.tsu.ya.wa.do.ko.de.su.ka.

靴屋（くつや）はどこですか。

枯.豬.呀.哇.都.寇.爹.酥.卡.

要花多少時間？

do.no.ku.ra.i.ka.ka.ri.ma.su.ka.

どのくらいかかりますか。

都.諾.枯.拉.伊.卡.卡.里.媽.酥.卡.

大約10分鐘。

ju.ppu.n.ku.ra.i.de.su.

10分（じゅっぷん）くらいです。

啾.ˆ撲.恩.枯.拉.伊.爹.酥.

5 指示道路

例句

可以看到那邊的大建築物嗎？

a.so.ko.ni.o.o.ki.na.ta.te.mo.no.ga.mi.e.ru.de.sho.o.

あそこに大（おお）きな建物（たてもの）が見（み）えるでしょう。

阿.搜.寇.尼.歐.～.克伊.那.它.貼.某.諾.嘎.咪.耶.魯.爹.休.～.

那就是郵局。

a.so.ko.ga.yu.u.bi.n.kyo.ku.de.su.

あそこが郵便局（ゆうびんきょく）です。

阿.搜.寇.嘎.尤.～.逼.恩.卡悠.枯.爹.酥.

有地圖嗎？

chi.zu.a.ri.ma.su.ka.

地図（ちず）ありますか。

七.茲.阿.里.媽.酥.卡.

這是近路嗎？

ko.re.ga.chi.ka.mi.chi.de.su.ka.

これが近道（ちかみち）ですか。

寇.累.嘎.七.卡.咪.七.爹.酥.卡.

往左轉。

hi.da.ri.e.ma.ga.tte.ku.da.sa.i.

左（ひだり）へ曲（ま）がってください。

喝伊.答.里.耶.媽.嘎.＾貼.枯.答.沙.伊.

直走。

ma.ssu.gu.i.ki.ma.su.

まっすぐ行（い）きます。

媽.＾酥.估.伊.克伊.媽.酥.

你先找餐廳的位置。

re.su.to.ra.n.ga.me.ji.ru.shi.de.su.

レストランが目印（めじるし）です。

累.酥.偷.拉.恩.嘎.妹.基.魯.西.爹.酥.

6 郵局－買郵票

例句

20

郵局在哪裡？

yu.u.bi.n.kyo.ku.wa.do.ko.de.su.ka.

郵便局（ゆうびんきょく）はどこですか。

尤.～.逼.恩.卡悠.枯.哇.都.寇.爹.酥.卡.

我要郵票。

ki.tte.o.ku.da.sa.i.

切手（きって）をください。

克伊.＾貼.歐.枯.答.沙.伊.

給我70日圓的郵票。

na.na.ju.u.e.n.no.ki.tte.ku.da.sa.i.

７０円（ななじゅうえん）の切手（きって）ください。

那.那.啾.～.耶.恩.諾.克伊.＾貼.枯.答.沙.伊.

給我國際快捷的信封。

i.i.e.mu.e.su.no.fu.u.to.o.o.ku.da.sa.i.

イーエムエス　ふうとう
ＥＭＳの封筒をください。

伊.～.耶.母.耶.酥.諾.夫.～.偷.～.歐.枯.答.沙.伊.

給我航空郵簡。

ko.o.ku.u.sho.ka.n.o.ku.da.sa.i.

こうくうしょかん
航空書簡をください。

寇.～.枯.～.休.卡.恩.歐.枯.答.沙.伊.

我要寄到台灣。

ta.i.wa.n.e.o.ku.ri.ta.i.no.de.su.ga.

たいわん　おく
台湾へ送りたいのですが。

它.伊.哇.恩.耶.歐.枯.里.它.伊.諾.爹.酥.嘎.

7 郵局－寄包裹

麻煩（我要）＋○○。

de.o.ne.ga.i.shi.ma.su.

ねが
○○＋でお願いします。

爹.歐.內.嘎.伊.西.媽.酥.

空運

ko.o.ku.u.bi.n.

こうくうびん
航空便

寇.～.枯.～.逼.恩.

船運

fu.na.bi.n.

ふなびん
船便

夫.那.逼.恩.

掛號

ka.ki.to.me.

かきとめ
書留

卡.克伊.偷.妹.

附加保險

ho.ke.n.tsu.ki.

ほ けん つ
保険付き

后.克耶.恩.豬.克伊.

國際快捷

i.i.e.mu.e.su.(ko.ku.sa.i.su.pi.i.do.yu.u.bi.n.)

イーエムエス　こくさい　ゆうびん
ＥＭＳ（国際スピード郵便）

伊.～.耶.母.耶.酥.（寇.枯.沙.伊.酥.披.～.都.尤.～.逼.恩.）

限時專送

so.ku.ta.tsu.

そくたつ
速達

搜.枯.它.豬.

例句

我要寄國際快捷。

i.i.e.mu.e.su.de.o.ne.ga.i.shi.ma.su.

イーエムエス　ねが
ＥＭＳでお願いします。

伊.～.耶.母.耶.酥.爹.歐.內.嘎.伊.西.媽.酥.

好的。

ha.i.wa.ka.ri.ma.shi.ta.

はい、わかりました。

哈.伊.哇.卡.里.媽.西.它.

我要寄送行李。

ni.mo.tsu.o.o.ku.ri.ta.i.no.de.su.ga.

にもつ　おく
荷物を送りたいのですが。

尼.某.豬.歐.歐.枯.里.它.伊.諾.爹.酥.嘎.

您信要寄到哪裡呢？

te.ga.mi.wa.do.chi.ra.ni.o.ku.ri.ma.su.ka.

てがみ　おく
手紙はどちらに送りますか。

貼.嘎.咪.哇.都.七.拉.尼.歐.枯.里.媽.酥.卡.

我要寄到台灣。

ta.i.wa.n.ni.o.ku.ri.ma.su.

たいわん　おく
台湾に送ります。

它.伊.哇.恩.尼.歐.枯.里.媽.酥.

要花幾天？

na.n.ni.chi.ku.ra.i.ka.ka.ri.ma.su.ka.

なんにち
何日くらいかかりますか。

那.恩.尼.七.枯.拉.伊.卡.卡.里.媽.酥.卡.

大約四天時間。

yo.kka.ku.ra.i.ka.ka.ri.ma.su.

よっ か
４日くらいかかります。

悠.＾卡.枯.拉.伊.卡.卡.里.媽.酥.

到台灣大約要花四天。

ta.i.wa.n.ma.de.yo.kka.ho.do.ka.ka.ri.ma.su.

たいわん よっ か
台湾まで４日ほどかかります。

它.伊.哇.恩.媽.爹.悠.＾卡.后.都.卡.卡.里.媽.酥.

給我紙箱。

da.n.bo.o.ru.ba.ko.o.ku.da.sa.i.

だん ばこ
段ボール箱をください。

答.恩.剝.～.魯.拔.寇.～.枯.答.沙.伊.

裡面是什麼？

na.ka.mi.wa.na.n.de.su.ka.

なか み なん
中身は何ですか。

那.卡.咪.哇.那.恩.爹.酥.卡.

有易損物品。

ko.wa.re.ya.su.i.mo.no.ga.a.ri.ma.su.

壊(こわ)れやすい物(もの)があります。

寇.哇.累.呀.酥.伊.某.諾.嘎.阿.里.媽.酥.

旅行小記

請給我＋○○。

21

ku.da.sa.i.

○○＋ください。

枯.答.沙.伊.

感冒藥	體溫計
ka.ze.gu.su.ri. かぜぐすり 風邪薬 卡.瑞賊.估.酥.里.	ta.i.o.n.ke.e. たいおんけい 体温計 它.伊.歐.恩.克耶.～.
藥用貼布 shi.ppu. しっぷ 湿布 西.^撲.	胃藥 i.gu.su.ri. いぐすり 胃薬 伊.估.酥.里.
止瀉藥 ge.ri.do.me. げりど 下痢止め 給.里.都.妹.	暈車藥 yo.i.do.me. よど 酔い止め 悠.伊.都.妹.

例句

給我感冒藥。

ka.ze.gu.su.ri.o.ku.da.sa.i.

かぜぐすり
風邪薬をください。

卡.瑞賊.估.酥.里.歐.枯.答.沙.伊.

給我處方箋的藥。

sho.ho.o.se.n.no.ku.su.ri.o.ku.da.sa.i.

しょほうせん くすり
処方箋の薬をください。

休.后.～.誰.恩.諾.枯.酥.里.歐.枯.答.沙.伊.

好像吃壞肚子了。

sho.ku.a.ta.ri.no.yo.o.de.su.

しょく
食あたりのようです。

休.枯.阿.它.里.諾.悠.～.爹.酥.

給我跟這個一樣的藥。

ko.re.to.o.na.ji.ku.su.ri.o.ku.da.sa.i.

おな くすり
これと同じ薬をください。

寇.累.偷.～.那.基.枯.酥.里.歐.枯.答.沙.伊.

這藥有副作用嗎？

ko.no.ku.su.ri.wa.fu.ku.sa.yo.o.ga.a.ri.ma.su.ka.

くすり ふくさよう
この薬は副作用がありますか。

寇.諾.枯.酥.里.哇.夫.枯.沙.悠.～.嘎.阿.里.媽.酥.卡.

這藥要怎麼吃呢？

ko.no.ku.su.ri.wa.do.no.yo.o.ni.no.me.ba.i.i.de.su.ka.

この薬（くすり）はどのように飲（の）めばいいですか。

寇.諾.枯.酥.里.哇.都.諾.悠.～.尼.諾.妹.拔.伊.～.爹.酥.卡.

一天飯後吃三次。

i.chi.ni.chi.sa.n.ka.i.sho.ku.go.ni.fu.ku.yo.o.shi.te.ku.da.sa.i.

1日3回食後（いちにちさんかいしょくご）に服用（ふくよう）してください。

伊.七.尼.七.沙.恩.卡.伊.休.枯.勾.尼.夫.枯.悠.～.西.貼.枯.答.沙.伊.

現在吃可以嗎？

i.ma.no.n.de.mo.i.i.de.su.ka.

今（いま）飲（の）んでもいいですか。

伊.媽.諾.恩.爹.某.伊.～.爹.酥.卡.

2 到醫院 1

沒有＋○○。

21

wa.a.ri.ma.se.n.

○○＋はありません。

哇.阿.里.媽.誰.恩.

健保卡

ke.n.ko.o.ho.ke.n.sho.o.

けんこう ほ けんしょう
健康保険証

克耶.恩.寇.～.后.克耶.恩.休.～.

介紹信

sho.o.ka.i.jo.o.

しょうかいじょう
紹介状

休.～.卡.伊.久.～.

社會保險

sha.ka.i.ho.ke.n.

しゃかい ほ けん
社会保険

蝦.卡.伊.后.克耶.恩.

掛號證

shi.n.sa.tsu.ke.n.

しんさつけん
診察券

西.恩.沙.豬.克耶.恩.

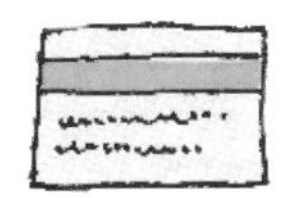

例句

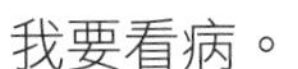

我要看病。

shi.n.sa.tsu.o.o.ne.ga.i.shi.ma.su.

しんさつ　　ねが
診察をお願いします。

西.恩.沙.豬.歐.歐.內.嘎.伊.西.媽.酥.

我是初診。

sho.shi.n.de.su.ga.

初診(しょしん)ですが。

休.西.恩.爹.酥.嘎.

我想看內科。

na.i.ka.ni.ka.ka.ri.ta.i.de.su.

內科(ないか)にかかりたいです。

那.伊.卡.尼.卡.卡.里.它.伊.爹.酥.

我想看外科。

ge.ka.ni.ka.ka.ri.ta.i.de.su.

外科(げか)にかかりたいです。

給.卡.尼.卡.卡.里.它.伊.爹.酥.

沒有預約。

yo.ya.ku.shi.te.i.ma.se.n.

予約(よやく)していません。

悠.呀.枯.西.貼.伊.媽.誰.恩.

請讓我測量體溫。

ta.i.o.n.o.ha.ka.tte.ku.da.sa.i.

体温(たいおん)を測(はか)ってください。

它.伊.歐.恩.歐.哈.卡.ˆ貼.枯.答.沙.伊.

我感冒了。

ka.ze.o.hi.ki.ma.shi.ta.

かぜ
風邪をひきました。

卡.瑞賊.歐.喝伊.克伊.媽.西.它.

打針比較好嗎？

chu.u.sha.shi.ta.ho.o.ga.i.i.de.su.ka.

ちゅうしゃ　ほう
注射した方がいいですか。

七烏.～.蝦.西.它.后.～.嘎.伊.～.爹.酥.卡.

有藥物過敏嗎？

ku.su.ri.no.a.re.ru.gi.i.ga.a.ri.ma.su.ka.

くすり
薬のアレルギーがありますか。

枯.酥.里.諾.阿.累.魯.哥伊.～.嘎.阿.里.媽.酥.卡.

我有藥物過敏。

ku.su.ri.no.a.re.ru.gi.i.ga.a.ri.ma.su.

くすり
薬のアレルギーがあります。

枯.酥.里.諾.阿.累.魯.哥伊.～.嘎.阿.里.媽.酥.

有過敏體質。

a.re.ru.gi.i.ta.i.shi.tsu.de.su.

たいしつ
アレルギー体質です。

阿.累.魯.哥伊.～.它.伊.西.豬.爹.酥.

請做＋○○。

○21

ku.da.sa.i.

○○＋ください。

枯.答.沙.伊.

用吸的	不要吞下用含的
su.i.ko.n.de.	no.ma.zu.ni.na.me.te.
吸(す)い込(こ)んで	飲(の)まずになめて
酥.伊.寇.恩.爹.	諾.媽.茲.尼.那.妹.貼.
漱口一下	用噴的
u.ga.i.o.shi.te.	su.pu.re.e.shi.te.
うがいをして	スプレーして
烏.嘎.伊.歐.西.貼.	酥.撲.累.～.西.貼.
用塗抹的	用貼的
nu.tte.	ha.tte.
塗(ぬ)って	貼(は)って
奴.＾貼.	哈.＾貼.

例句

有發燒。

ne.tsu.ga.a.ri.ma.su.

ねつ
熱があります。

內.豬.嘎.阿.里.媽.酥.

感到身體發冷。

sa.mu.ke.ga.shi.ma.su.

さむ け
寒気がします。

沙.母.克耶.嘎.西.媽.酥.

感到身體沈重倦怠。

ka.ra.da.ga.o.mo.i.de.su.

からだ おも
体が重いです。

卡.拉.答.嘎.歐.某.伊.爹.酥.

咳嗽得很厲害。

se.ki.ga.hi.do.i.de.su.

せき
咳がひどいです。

誰.克伊.嘎.喝伊.都.伊.爹.酥.

喉嚨痛。

no.do.ga.i.ta.i.de.su.

いた
のどが痛いです。

諾.都.嘎.伊.它.伊.爹.酥.

没有食慾。

sho.ku.yo.ku.ga.a.ri.ma.se.n.

しょくよく
食欲がありません。

休.枯.悠.枯.嘎.阿.里.媽.誰.恩.

感到噁心。

ha.ki.so.o.de.su.

は
吐きそうです。

哈.克伊.搜.～.爹.酥.

有瀉肚子。

ge.ri.o.shi.te.i.ma.su.

げ り
下痢をしています。

給.里.歐.西.貼.伊.媽.酥.

肚子痛。

o.na.ka.ga.i.ta.i.de.su.

いた
おなかが痛いです。

歐.那.卡.嘎.伊.它.伊.爹.酥.

頭痛。

a.ta.ma.ga.i.ta.i.de.su.

あたま いた
頭が痛いです。

阿.它.媽.嘎.伊.它.伊.爹.酥.

牙痛。

ha.ga.i.ta.i.de.su.

は　いた
歯が痛いです。

哈.嘎.伊.它.伊.爹.酥.

腳踝扭傷了。

a.shi.ku.bi.o.hi.ne.ri.ma.shi.ta.

あしくび
足首をひねりました。

阿.西.枯.逼.歐.喝伊.內.里.媽.西.它.

好像骨折了。

ho.ne.ga.o.re.ta.yo.o.de.su.

ほね　お
骨が折れたようです。

后.內.嘎.歐.累.它.悠.～.爹.酥.

請給我診斷書。

shi.n.da.n.sho.o.ka.i.te.ku.da.sa.i.

しんだんしょ　か
診断書を書いてください。

西.恩.答.恩.休.歐.卡.伊.貼.枯.答.沙.伊.

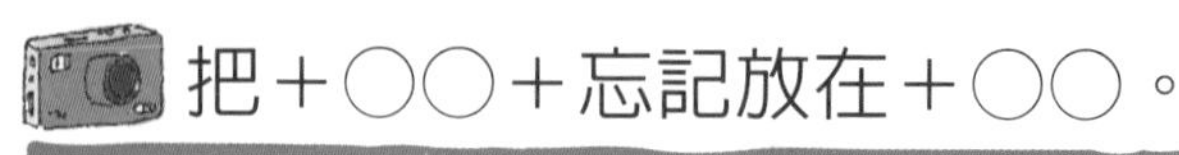

把＋○○＋忘記放在＋○○。

○22

ni.　　　　　o.wa.su.re.ma.shi.ta.

○○＋に＋○○＋を忘(わす)れました。

尼.　　　　　歐.哇.酥.累.媽.西.它.

電車／行李 de.n.sha./ ni.mo.tsu. 電車(でんしゃ)／荷物(にもつ) 爹.恩.蝦.／尼.某.豬.	房間／鑰匙 he.ya./ ka.gi. 部屋(へや)／鍵(かぎ) 黑.呀.／卡.哥伊.
計程車／電腦 ta.ku.shi.i./ pa.so.ko.n. タクシー／パソコン 它.枯.西.～.／趴.搜.寇.恩.	公車／皮包 ba.su./ ba.ggu. バス／バッグ 拔.酥.／拔.＾估.
飯店／名產 ho.te.ru./ mi.ya.ge.mo.no. ホテル／みやげ物(もの) 后.貼.魯.／咪.呀.給.某.諾.	餐廳／錢包 re.su.to.ra.n./ sa.i.fu. レストラン／財布(さいふ) 累.酥.偷.拉.恩.／沙.伊.夫.
保險箱／護照 ki.n.ko./ pa.su.po.o.to. 金庫(きんこ)／パスポート 克伊.恩.寇.／趴.酥.剖.～.偷.	

例句

我迷路了。

mi.chi.ni.ma.yo.i.ma.shi.ta.

道(みち)に迷(まよ)いました。

咪.七.尼.媽.悠.伊.媽.西.它.

手提包不見了。

ka.ba.n.o.na.ku.shi.ma.shi.ta.

かばんをなくしました。

卡.拔.恩.歐.那.枯.西.媽.西.它.

錢包被扒走了。

sa.i.fu.o.su.ra.re.ma.shi.ta.

財布(さいふ)をすられました。

沙.伊.夫.歐.酥.拉.累.媽.西.它.

錢包掉了。

sa.i.fu.o.o.to.shi.ma.shi.ta.

財布(さいふ)をおとしました。

沙.伊.夫.歐.歐.偷.西.媽.西.它.

護照遺失不見了。

pa.su.po.o.to.o.na.ku.shi.te.shi.ma.i.ma.shi.ta.

パスポートをなくしてしまいました。

趴.酥.剖.～.偷.歐.那.枯.西.貼.西.媽.伊.媽.西.它.

有會說中文的人嗎？

chu.u.go.ku.go.no.de.ki.ru.hi.to.wa.i.ma.su.ka.

ちゅうごく ご　ひと

中国語のできる人はいますか。

七烏.～.勾.枯.勾.諾.爹.克伊.魯.喝伊.偷.哇.伊.媽.酥.卡.

説中文可以嗎？

chu.u.go.ku.go.de.i.i.de.su.ka.

ちゅうごく ご

中国語でいいですか。

七烏.～.勾.枯.勾.爹.伊.～.爹.酥.卡.

裡面有護照跟機票。

pa.su.po.o.to.to.ko.o.ku.u.ke.n.ga.ha.i.tte.i.ma.su.

こうくうけん　はい

パスポートと航空券が入っています。

趴.酥.剖.～.偷.偷.寇.～.枯.～.克耶.恩.嘎.哈.伊.^貼.伊.媽.酥.

請告訴我姓名跟住址。

na.ma.e.to.ju.u.sho.o.o.shi.e.te.ku.da.sa.i.

な まえ　じゅうしょ　おし

名前と住所を教えてください。

那.媽.耶.偷.啾.～.休.～.歐.西.耶.貼.枯.答.沙.伊.

幫我叫警察。

ke.e.sa.tsu.o.yo.n.de.ku.da.sa.i.

けいさつ　よ

警察を呼んでください。

克耶.～.沙.豬.歐.悠.恩.爹.枯.答.沙.伊.

警察局在哪裡？

ke.e.sa.tsu.sho.wa.do.ko.de.su.ka.

警察署（けいさつしょ）はどこですか。

克耶.～.沙.豬.休.哇.都.寇.爹.酥.卡.

請幫我辦信用卡掛失停用。

ka.a.do.o.mu.ko.o.ni.shi.te.ku.da.sa.i.

カードを無効（むこう）にしてください。

卡.～.都.～.母.寇.～.尼.西.貼.枯.答.沙.伊.

我找不到我的行李。

wa.ta.shi.no.ni.mo.tsu.ga.mi.tsu.ka.ri.ma.se.n.

私（わたし）の荷物（にもつ）が見（み）つかりません。

哇.它.西.諾.尼.某.豬.嘎.咪.豬.卡.里.媽.誰.恩.

5 站住！小偷！

請（幫我）＋○○。

ku.da.sa.i.

○○＋ください。

枯.答.沙.伊.

叫醫生	叫計程車
i.sha.o.yo.n.de. 医者(いしゃ)を呼(よ)んで 伊.蝦.歐.悠.恩.爹.	ta.ku.shi.i.o.yo.n.de. タクシーを呼(よ)んで 它.枯.西.～.歐.悠.恩.爹.
帶我到醫務室 i.mu.shi.tsu.e.tsu.re.te.i.tte. 医務室(いむしつ)へ連(つ)れて行(い)って 伊.母.西.豬.耶.豬.累.貼.伊.^貼.	幫我換房間 he.ya.o.ka.e.te. 部屋(へや)を変(か)えて 黑.呀.歐.卡.耶.貼.

例句

站住！小偷！

ma.te.do.ro.bo.o.

待(ま)て！泥棒(どろぼう)！

媽.貼.都.摟.剝.～.

有扒手！

su.ri.da.

スリだ！

酥.里.答.

色狼！

chi.ka.n.

痴漢（ちかん）！

七.卡.恩.

救命啊！

ta.su.ke.te.

助（たす）けて！

它.酥.克耶.貼.

抓住他！

da.re.ka.tsu.ka.ma.e.te.

誰（だれ）か捕（つか）まえて！

答.累.卡.豬.卡.媽.耶.貼.

請住手！

ya.me.te.ku.da.sa.i.

やめてください！

呀.妹.貼.枯.答.沙.伊.

放手！

ha.na.shi.te.

放（はな）して！

哈.那.西.貼.

我叫警察喔！

ke.e.sa.tsu.o.yo.bi.ma.su.yo.

けいさつ

警察をよびますよ。

克耶.～.沙.豬.歐.悠.逼.媽.酥.悠.

幫我叫救護車。

kyu.u.kyu.u.sha.o.yo.n.de.ku.da.sa.i.

きゅうきゅうしゃ　　よ

救急車を呼んでください。

卡烏.～.卡烏.～.蝦.歐.悠.恩.爹.枯.答.沙.伊.

幫我叫醫生。

i.sha.o.yo.n.de.ku.da.sa.i.

いしゃ　　よ

医者を呼んでください。

伊.蝦.歐.悠.恩.爹.枯.答.沙.伊.

請帶我到醫院。

byo.o.i.n.e.tsu.re.te.i.tte.ku.da.sa.i.

びょういん　　つ　　い

病院へ連れて行ってください。

比悠.～.伊.恩.耶.豬.累.貼.伊.ˆ貼.枯.答.沙.伊.

失火啦！

ka.ji.da.

かじ

火事だ！

卡.基.答.

有地震！

ji.shi.n.da.

じしん
地震だ！

基.西.恩.答.

旅行小記

出發前7天 旅遊日語（25K＋1MP3）

發行人● 林德勝
著者● 上原美咲

出版發行● 山田社文化事業有限公司
臺北市大安區安和路一段112巷17號7樓
電話 02-2755-7622
傳真 02-2700-1887

郵政劃撥● 19867160號 大原文化事業有限公司
網路購書● 日語英語學習網 http://www. daybooks. com. tw

總經銷● 聯合發行股份有限公司
新北市新店區寶橋路235巷6弄6號2樓
電話 02-2917-8022
傳真 02-2915-6275

印刷● 上鎰數位科技印刷有限公司
法律顧問● 林長振法律事務所 林長振律師
書+1MP3● 定價 新台幣199元
初版● 2015年2月

© ISBN：978-986-246-135-8